JN242792

ぼくはこうして生《い》き残《のこ》った！④

東《ひがし》日《に》本《ほん》大《だい》震《しん》災《さい》

ローレン・ターシス 著《ちょ》

河《かわ》井《い》直《なお》子《こ》 訳《やく》

ヒョーゴノスケ 絵《え》

ユキ、ジョシュ、アキ、そしてマヤ・ボウフィンガーへ

I SURVIVED #8:
JAPANESE TSUNAMI, 2011
by Lauren Tarshis

Copyright ©2013 by Lauren Tarshis
Japanese language copyright ©2014 by KADOKAWA Media Factory

Published by arrangement with the author, c/o Brandt & Hochman
Literary Agents, Inc., New York, U.S.A.
through Tuttle-Mori Agency, Inc., Tokyo

装丁・本文デザイン：佐藤一将（HONAGRAPHICS）
カバーイラスト・さし絵：ヒョーゴノスケ

もくじ

1

二〇一一年《ねん》、三月《がつ》十一日《にち》
午後《ごご》二時《じ》四十六分《ぷん》
菖ケ浜《しょうがはま》、日本《にほん》

さいしょに波《なみ》が立《た》ったのは、太平洋沖《たいへいようおき》だった。

日本《にほん》の東北地方《とうほくちほう》から、一三〇キロメートルもはなれていた。

ところが、波《なみ》はすばやく、ジェット機《き》よりも速《はや》く進《すす》んだ。

海岸《かいがん》に近《ちか》づくにつれて、どんどん大《おお》きくなる。みるみるうちにふくれあがり、ついには高《たか》さ十数《すう》メートル、長《なが》さ数百《すうひゃく》キロメートルものおそろしい波《なみ》のかべとなった。

すさまじい大波《おおなみ》は、住宅《じゅうたく》の建《た》ちならぶ街《まち》へとせまった。

十一歳《さい》の工藤《くどう》ベンは、菖ヶ浜村《しょうがはまむら》の通《とお》りに立《た》って、せり上《あ》がる大波《おおなみ》を見《み》ていた。さいしょベンは、海《うみ》からもうもうとけむりがあがっているのかと思《おも》った。

（船《ふね》が、もえているのかな？）

そのとき、サイレンが鳴《な》りひびいた。

「ウーウーウー！」

あちこちから、悲鳴《ひめい》が聞《き》こえてくる。

「きゃああ！」

「わああ！」

ベンは、日本語《にほんご》が話《はな》せない。けれども、この言葉《ことば》だけはわかった。

「津波《つなみ》だ！」

まもなく、巨大《きょだい》な黒《くろ》い波《なみ》が、水《みず》しぶきをあげながら、海岸《かいがん》におしよせてきた。

ベンたち一家《いっか》は、大波《おおなみ》からのがれようと、ひっしで車《くるま》を走《はし》らせた。

でも、波《なみ》に追《お》いつかれてしまった。

そして、気《き》がつけば、ベンはひとりぼっちになっていた。波《なみ》につかまって、のまれてしまった。さかまく波《なみ》に体《からだ》をねじまげられ、引《ひ》きちぎられそうになる。ベンは、たつまきにおそわれた小鳥《ことり》みたいに、くるくると水《みず》の中《なか》でまわった。

恐怖《きょうふ》が全身《ぜんしん》をつらぬき、ベンは絶叫《ぜっきょう》した。

「ぎゃあああ！」

米ミイフーズ
P
P

ひっしにもがいたけれど、波《なみ》の力《ちから》は、ものすごかった。凶暴《きょうぼう》な怪物《かいぶつ》のあごにつかまったみたいに、うでも足《あし》も、動《うご》かない。

どうしても、にげられなかった。

(おぼれちゃう!)

2

その日《ひ》の朝《あさ》、午前《ごぜん》七時《じ》四十五分《ふん》

菖《しょう》ヶ《が》浜《はま》、日本《にほん》

同点《どうてん》のまま、残《のこ》り十秒《びょう》となった。ベンはボールをつかむと、ドリブルしながらバスケットボール・コートを走《はし》った。二メートル近《ちか》くも身《しん》長《ちょう》がありそうな相手《あいて》チームの選手《せんしゅ》たちのあいだをぬって、ジグザグに進《すす》んでいく。

「行《い》けー、ベン！」

「がんばれ！」

みんなの歓声《かんせい》が、聞《き》こえる。重《かさ》なる声援《せいえん》の中《なか》から、パパの声《こえ》がはっきりとベンの耳《みみ》にとどいた。

〝おまえならやれるぞ、ベン！〟

残《のこ》り五秒《びょう》。

四、三、二……。

ベンは、シュートした。

ボールが弧《こ》をえがき、ゴールにすいこまれていく――。

ベンは、ぱっと目《め》をひらいた。

ベッドから身《み》を起《お》こす。全身汗《ぜんしんあせ》だくで、息《いき》がくるしい。すぐにベンは、思《おも》い出《だ》した。

（ここは、カリフォルニアの家《いえ》じゃない。日本《にほん》の菖《しょう》ヶ《が》浜《はま》という小《ちい》さな村《むら》にある、おじさんの家《いえ》だ）

横《よこ》を見《み》ると、ねむっているはずの五歳《さい》の弟《おとうと》ハリーが、目《め》をあけていた。

小《ちい》さな手《て》をベンのじっとりしたパジャマの背中《せなか》にあてながら、弟《おとうと》がたずねる。

「こわい夢《ゆめ》、見《み》たの？」

ベンは、体《からだ》をずらして、弟《おとうと》の手《て》からにげた。声《こえ》がふるえないように注意《ちゅうい》しながら、答《こた》える。

「ちがう。つまんない夢《ゆめ》だ」

悲《かな》しんだり、こわがったりしているなんて、弟《おとうと》にはぜったいに、知《し》られたくなかった。

(また、見《み》ちゃった——パパの夢《ゆめ》を。もう、見《み》たくないのに)

夢《ゆめ》の中《なか》にいるあいだは、いい。だが、目《め》をさましたとき、つらくてたまらないのだ。パパがいない悲《かな》しさとさびしさが、おしよせてくるから。

四か月前《げつまえ》、パパはベンとハリー、ママの四人《にん》で住《す》んでいたカリフォルニア州《しゅう》の空軍基地《くうぐんきち》のそばで、亡《な》くなった。

パパはアメリカ空軍《くうぐん》の兵士《へいし》で、F《エフ》16戦闘機《せんとうき》のパイロットだった。どんな危険《きけん》な任務《にんむ》も、パパは平気《へいき》でこなして、世界《せかい》じゅうを飛《と》びまわっていた。

(それなのに……なんでだよ!)

パパは、仕事《しごと》が終《お》わって、ベンとハリーのためにドーナッツを買《か》って帰《かえ》るとちゅうに、高速道路《こうそくどうろ》で交通事故《こうつうじこ》にあい、あっけなく死《し》んでしまった。

（いっしょに日本《にほん》に来《く》るって、約束《やくそく》したじゃないか……）

事故《じこ》の数《すう》か月前《げつまえ》、パパはびっくりするような計画《けいかく》を発表《はっぴょう》した。家族《かぞく》旅行《りょこう》で日本《にほん》の菖ヶ浜《しょうがはま》という漁村《ぎょそん》に行《い》くという計画《けいかく》だ。

パパは言《い》った――「パパは十歳《じっさい》になるまで、その漁村《ぎょそん》でくらしていたんだ。ベンの学校《がっこう》が休《やす》みになる三月《がつ》に、みんなで行《い》こう。留夫《とめお》おじさんの家《いえ》に、泊《と》まるんだ。いいだろう？」と。とても、うれしそうだった。

だから、ベンは日本《にほん》に来《く》るのを、ずっと楽《たの》しみにしていた。それに、何度《なんど》かカリフォルニアに遊《あそ》びに来《き》た留夫《とめお》おじさんから漁村《ぎょそん》の話《はなし》を聞《き》いて、前《まえ》から行《い》ってみたいなと、思《おも》っていたのだ。留夫《とめお》おじさんは、パパのおじさんだ。パパの子《こ》どものころの話《はなし》をたくさんしてくれたおじさんは、おじいちゃんのような存在《そんざい》で、ベンは大《だい》すきだった。

でも、パパが死《し》んだとき、家族旅行《かぞくりょこう》は中止《ちゅうし》だと、ベンは思《おも》った。

(パパがいっしょじゃなきゃ、意味《いみ》ないよ)

でも、ママは、ベンとハリーと三人《にん》で日本《にほん》に行《い》くと、言《い》いだした。ベンは、しんじられなかった。ママにやめてほしいとたのんだ。でも、ママは決心《けっしん》をかえようとしなかった。

ママのきびしい横顔《よこがお》を見《み》ながら、ベンは、パパの口《くち》ぐせを思《おも》い出《だ》した——「ママは、だれより強《つよ》かったんだぞ」。パパはよくそう言《い》って、ほこらしげに、わらっていた。ベンが生《う》まれるまでは、ママも空軍《くうぐん》の兵士《へいし》だったのだ。

けっきょく、ベンは、おれた。

そして一週間前《しゅうかんまえ》、ベンたちは菖ヶ浜《しょうがはま》の、留夫《とめお》おじさんの家《いえ》にやってきた。

ハリーが、ベッドからぬけだした。やせた肩《かた》から、ダース・ベイダーのパジャマがずり落《お》ちている。おじさんが飼《か》っているメスねこのニャアが、マットレスの下《した》でねていた。ハリーは、ねこをだきあげた。ニャアはまるで百年《ひゃくねん》は生《い》きていそうなねこで、ところどころ黒《くろ》い毛《け》がはげてしまっている。小《ちい》さくてほねばっていて、ねじまがったしっぽは、Z《ゼット》の文字《もじ》の形《かたち》だ。〝ニャオ〟と鳴《な》くかわりに、やけにかん高《だか》い声《こえ》で鳴《な》くので、ベンはいつも耳《みみ》がいたくなってしまう。

「イーッ！　イーッ！」

（ハリーのやつ、ねこなんかほうっておけばいいのに）

ベンは心《こころ》の中《なか》で思《おも》った。弟《おとうと》がちょっかいを出《だ》さなければ、ねこのほうだってしずかにしていてくれる。

菖《しょう》ケ浜《がはま》に来《き》てすぐ、ハリーは、ニャアがジェダイのねこで、ダース・ベイダーのとくべつな助手《じょしゅ》だときめつけてしまった。ふしぎなことに、年老《としお》いたねこのほうも、家《いえ》じゅうを引《ひ》きずりまわされても、反撃《はんげき》しなかった。スター・ウォーズごっこで、ライトセーバー片手《かたて》に見《み》えない敵《てき》を追《お》いかけるハリーの、されるがままになっている。

今《いま》、ハリーはニャアの顔《かお》にほおずりしながら、目《め》をきらきらさせて

ベンを見《み》ている。

「兄《にい》ちゃん、ぼく、朝《あさ》ごはんがすんだら桜《さくら》の木《き》に登《のぼ》るよ。ねがいごとをしたいんだ」

ベンは思《おも》わず、ためいきをついていた。

パパが話《はな》してくれた、菖ヶ浜《しょうがはま》の思《おも》い出話《でばなし》の中《なか》に、「桜《さくら》の木《き》のまほう」の物語《ものがたり》がある。

「桜《さくら》の木《き》のてっぺんまで登《のぼ》れば、ねがいごとがかなう」と、パパは言《い》っていた。でも、ベンにはわかっていた――あれはパパのつくり話《ばなし》だと。

でも、小《ちい》さなハリーは、すっかりしんじている。ここに来《き》てから、気《き》づくとハリーは、おじさんの家《いえ》の裏庭《うらにわ》の桜《さくら》の木《き》を、じっと見《み》ていた。雨《あめ》がやめば、てっぺんまで登《のぼ》ってやろうと思《おも》っていたのだろう。

きょうは、ぬけるような青空《あおぞら》が広《ひろ》がっている。木登《きのぼ》りには、ぜっこうの日《ひ》だ。

「どんなねがいごとをするか、わかる？」

ハリーが顔《かお》をよせて、ベンに問《と》いかけた。赤《せっ》かっ色《しょく》のひとみをかがやかせている。

「パパがぼくたちのところにもどってきますようにって、おねがいするんだよ」

それを聞《き》いたとたん、ベンはのどがつまりそうになった。

ベンは、きっぱりと言《い》った。

「ハリー。パパはもう、死《し》んだんだ。こっちにもどることなんて、できないんだぞ」

ハリーの目《め》に、なみだがうかぶ。

「そんなことない！　今《いま》にわかるよ！」

そうさけぶと、弟《おとうと》はくるりと背《せ》をむけて、ニャアをしっかりとだいたまま、部屋《へや》から飛《と》び出《だ》していった。

気《き》がつけば、ベンのほおも、なみだでぬれていた。

ぱっと立《た》ち上《あ》がり、いかりにまかせて、こぶしでなみだをぬぐう。

（しっかりしなきゃ。パパみたいに強《つよ》くなるって、きめたじゃないか）

ベンは、パパに聞《き》いた、戦争《せんそう》のときの話《はなし》を思《おも》い出《だ》した。

ベンがまだ赤《あか》んぼうだったころの話《はなし》だ。パパがさいごにアフガニスタンに出動《しゅつどう》したとき、乗《の》っていたF16《エフ》戦闘機《せんとうき》のエンジンが、爆発《ばくはつ》した。敵地《てきち》の上空《じょうくう》だったが、緊急脱出《きんきゅうだっしゅつ》しなければならない。パラシュートで降下《こうか》したパパは、足首《あしくび》の骨《ほね》をおってしまった。それでも、敵《てき》の戦闘機《せんとうき》に見《み》つからないうちに、なんとか山《やま》の中《なか》へとにげこんだ。パパはたった一人《ひとり》で、六日間《むいかかん》、ほら穴《あな》にかくれて生《い》きのびた。そして、七日《なのか》めに、アメリカ海軍《かいぐん》のヘリコプターに救出《きゅうしゅつ》された。

頭《あたま》の中《なか》に、そのときのパパのすがたが、ありありとうかぶ。くらやみの中《なか》、足《あし》を引《ひ》きずって歩《ある》くパパ。きびしい目《め》をして、たえている。

（パパはぜったい、泣《な》いたりしなかったはずだ。ぼくだって、泣《な》かない！）

気持《きも》ちを落《お》ちつけたベンは、ハリーをさがしに行《い》くことにした。

ところが、裏庭《うらにわ》へ出《で》るドアに近《ちか》づいたとき、ハリーの悲鳴《ひめい》が聞《き》こえてきた。

（しまった、おそかった！）

あわてて外《そと》に走《はし》りでてみると、ハリーが、桜《さくら》の木《き》の下《した》にたおれていた。

血《ち》だらけだ。

「ハリー！」

3
午前九時《ごぜんくじ》 佐藤診療所《さとうしんりょうじょ》

ハリーは、おじさんの車《くるま》で、となり町《まち》の病院《びょういん》「佐藤診療所《さとうしんりょうじょ》」にはこびこまれた。医師《いし》の佐藤先生《さとうせんせい》が、すぐにハリーを診察台《しんさつだい》にねかせる。

（ハリー、ごめんな！）

ベンは、こぶしをぎゅっとにぎって、胃《い》のあたりをおさえた。地面《じめん》に横《よこ》たわっているハリーを見《み》つけたときからずっと、胃《い》がねじれるようにいたくてたまらない。弟《おとうと》はぐったりして、目《め》をつぶっていた。鼻《はな》は血《ち》まみれで、片方《かたほう》のうでには、大《おお》きな切《き》りきずがあった。

佐藤先生《さとうせんせい》は、ハリーの全身《ぜんしん》をていねいに調《しら》べている。ベンはママとおじさんのあいだに立《た》って、じっと見守《みまも》っていた。

診察《しんさつ》が終《お》わると、佐藤先生《さとうせんせい》はハリーの頭《あたま》にそっと手《て》をおいた。そして、きれいな英語《えいご》でしゃべりかけた。

「きみの体《からだ》は、ゴムでできているにちがいない、ハリー。地面《じめん》に落《お》ちたとき、ボールみたいにバウンドしたんじゃないか？」

「うん、したした！」

ハリーが、大《おお》きな声《こえ》で答《こた》える。

これには、みんなふきだしてしまった。ベンもわらった。

「あはは」

自分《じぶん》の口《くち》からもれた明《あか》るいわらい声《ごえ》に、ベンはびっくりしていた。

(声《こえ》を出《だ》してわらったの、ひさしぶりだ)

「木の枝《えだ》に引《ひ》っかかったおかげで、地面《じめん》に落《お》ちたときのしょうげきが小《ちい》さくてすんだようだ。それに雨《あめ》がふりつづいていたから、地面《じめん》がやわらかかったんだね。きみは、ラッキーだよ」

佐藤先生《さとうせんせい》は、にっこりして、親指《おやゆび》を立《た》てた。それから、ちょっとまじめな顔《かお》になって、言《い》った。

「だが、うでのけがだけは、手当《てあ》てをしておかないと。ほんのちょっと、ぬうだけだからね」

「いやだっ!」

ハリーはさけぶと、大声《おおごえ》をあげて泣《な》きだした。

コブラだって平気《へいき》でなでたがる、やんちゃなハリーだが、針恐怖症《はりきょうふしょう》なのだ。ごく小《ちい》さな針《はり》でも、おびえてパニックを起《お》こしてしまう。

(このままでは、ハリーのきずの手当《てあ》てができない！)

ベンは、おろおろしてママの顔《かお》を見《み》た。ママも、青《あお》ざめている。

ところが、佐藤先生《さとうせんせい》は思《おも》いがけない作戦《さくせん》に出《で》た。

ハリーの泣《な》き声《ごえ》に負《ま》けない大声《おおごえ》で、佐藤先生《さとうせんせい》はママにたずねた。

「お母《かあ》さん、ダース・ベイダーのうでに、ぬったきずあとがあるという話《はなし》は、聞《き》いたことがありますよね？」

とたんに、ハリーが泣《な》きやむ。

ママがやけにしんけんな顔《かお》つきで、うなずく。

「ええ、もちろんです。あなたも知《し》ってるわよね、ベン？」

ベンはわらいをこらえながら、答《こた》えた。

「ああ！　ライトセーバーで戦《たたか》ったときにやられたんだ。かっこいいきずあとだよ。名誉《めいよ》の負傷《ふしょう》さ」

みんなが、ハリーの顔《かお》を見《み》た。弟《おとうと》はしゃくりあげながら、ようやく深《ふか》く息《いき》をすった。

「ぼくにも、かっこいいきずあとができる？」

佐藤先生《さとうせんせい》が、重々《おもおも》しく答《こた》えた。

「先生《せんせい》がきずをぬうあいだ、動《うご》かずにじっとすわっていられたらね」

ハリーは、先生《せんせい》のほうにうでをさしだした。

「じゃあ、やって」

そして、いさましく、なみだをぐいとぬぐった。

（佐藤先生《さとうせんせい》は、天才《てんさい》だ！）

四十五分後《ふんご》、ハリーはぬったきずぐちを、まるで最高《さいこう》の誕生日《たんじょうび》プレゼントみたいにうれしそうにながめていた。

みんなで佐藤先生《さとうせんせい》にさよならを言《い》って、診療所《しんりょうじょ》を出《で》た。

おじさんの小《ちい》さな車《くるま》に乗《の》りこんで、菖ヶ浜《しょうがはま》へと引《ひ》きかえした。道路《どうろ》はせまくて、岩《いわ》だらけの高《たか》いがけにそってカーブしている。一方《いっぽう》のまどからは、太平洋《たいへいよう》の波《なみ》がごつごつした岩《いわ》かべにあたってくだけちるのが見《み》える。もう一方《いっぽう》のまどの向《む》こうには田《た》んぼがつらなり、はるか遠《とお》くの山《やま》まで見《み》わたすことができる。山々《やまやま》は、すみきった青空《あおぞら》の下《した》、高《たか》くそびえていた。

ママがつぶやいた。

「パパが言《い》ったとおりだったわ……ここは、地上《ちじょう》でもっとも美《うつく》しい場《ば》所《しょ》ね」

すかさず、おじさんが言《い》う。

「もっと、ゆっくりしていけばいいじゃないか」

「ぼく、そうしたいな！」ハリーがさけんだ。

でも、ベンはいやだった。二日後《ふつかご》にはここをはなれるのが、まちどおしかった。

（おじさんとわかれるのは、さびしいよ。でも、ここにいると、弱《よわ》い自分《じぶん》になっちゃう気《き》がするんだ。毎晩《まいばん》パパの夢《ゆめ》を見《み》て、ずっとパパのことばかり考《かんが》えてさ！）

アメリカにいるときは、ようやくパパのことをわすれられるようになっていた。もちろん、かんたんなことじゃなかった。

ベンは、パパのことを思《おも》い出《だ》さないように、大《だい》すきだったバスケットボールさえ、やめた。がんばって、やっと遠征《えんせい》チームの一員《いちいん》にもなったばかりだったけど、あきらめた。バスケットは二人《ふたり》の――ベンとパパの――スポーツだったからだ。パパが事故《じこ》で亡《な》くなってからは、ボールがバウンドする音《おと》を聞《き》いただけで、拳銃《けんじゅう》で撃《う》たれたみたいに、むねがずきんといたんだ。

ベンは自分《じぶん》の部屋《へや》を片《かた》づけて、パパの写真《しゃしん》をぜんぶはがしてしまった。ベッドの上《うえ》にはってあったF《エフ》16戦闘機《せんとうき》のポスターも、引《ひ》きちぎって、すてた。かぎをかけて部屋《へや》にとじこもり、心配《しんぱい》したママがドアをノックしても、宿題《しゅくだい》をやっているからと、遠《とお》ざけた。ハリーに遊《あそ》んでとせがまれても、追《お》いはらってしまった。

ときどきベンは、自分がほら穴《あな》にいるような気《き》がした。アフガニスタンで戦闘機《せんとうき》が撃墜《げきつい》され、パパがかくれたような、うすぐらいほら穴《あな》。一人《ひとり》でこもっているのは、さびしかった。

でも、少《すく》なくともほら穴《あな》の中《なか》にいるかぎり、ベンは安心《あんしん》できたのだ。

4 ニャアの予知《よち》

午後《ごご》二時《じ》四十分《ぷん》

診療所《しんりょうじょ》に行《い》ったあと、ハリーはつかれてしまったようで、しきりに目《め》をこすっている。ママは血《ち》のしみがついたパジャマをぬがせて、あたらしいパジャマを着《き》せ、ハリーをベッドにねかしつけた。おなかの上《うえ》に丸《まる》くなったニャアをのせたまま、ハリーはあっという間《ま》にねむってしまった。

ベンがキッチンでジュースをコップにそそいでいると、おじさんが入《はい》ってきた。

「ベン、散歩《さんぽ》でも行《い》かないか？」

おじさんがさそってくれたけれど、ベンは首《くび》をふった。

「ううん、やめとくよ、おじさん。ぼくもつかれたみたいだ」

ちょっとうしろめたい気持《きも》ちがした。

毎日《まいにち》ここで顔《かお》をあわせるたびに、おじさんはきまってベンをさそって出《で》かけようとする。ベンのほうは毎日《まいにち》、あれこれと言《い》いわけしては、それをことわった。パパが子《こ》どものころにかくれんぼをして遊《あそ》んだという松林《まつばやし》や、パパが魚《さかな》つりをおぼえたという波止場《はとば》を、見《み》たくなかった。おじさんがパパの思《おも》い出話《でばなし》をするのを、聞《き》きたくなかった。

おじさんと目《め》をあわせないようにして、ベンはキッチンからそっとぬけだした。

部屋《へや》に入《はい》ったとき、とつぜん、ハリーが体《からだ》を起《お》こした。

ハリーは、楽《たの》しい夢《ゆめ》を見《み》ていたような顔《かお》をしている。

（ねぼけてるのかな？）

ベンがそう思《おも》ったとき、ハリーが小《ちい》さな声《こえ》で言《い》った。

「あのね……ぼく、てっぺんまで登《のぼ》ったんだよ」

ハリーのそばへ行《い》って、ベンはたずねた。

「てっぺんって？」

「桜《さくら》の木《き》の。落《お》ちる前《まえ》に、ねがいごとをしたよ！　ぼく、ちゃんとできたんだ」

弟《おとうと》は、目《め》をかがやかせている。

ベンがなにか言《い》おうとしたとき、ニャアがいきなり飛《と》び起《お》きて、悲《かな》しげな声《こえ》で鳴《な》いた。立《た》って毛《け》をさかだてたまま、鼻《はな》でハリーのうでをぐいぐいおしはじめる。まるでハリーを、ベッドから落《お》とそうとしているみたいだ。

(年《とし》をとりすぎて、頭《あたま》がおかしくなっちゃったのか?)

ベンがきみわるく思《おも》ったとき、なにやらぶきみな、ごろごろという低《ひく》い音《おと》がとどろいた。

テーブルの上《うえ》にある、水《みず》の入《はい》ったコップが、小《こ》きざみにゆれている。はじめのうちは、戦闘機《せんとうき》かなにかが頭上《ずじょう》を飛《と》んでいるのかと思《おも》った。カリフォルニアの家《いえ》では、空軍《くうぐん》の飛行隊《ひこうたい》が基地《きち》にもどるとき、こんなふうに家《いえ》がゆれたから。

3
2011

ところが、その地《じ》ひびきのような音《おと》はどんどん大《おお》きくなり、ついに部屋《へや》じゅうがぐらぐらとゆれだした。

ハリーが、さけんだ。

「兄《にい》ちゃん！　どうなってるの？」

ベンは、不安《ふあん》になってきた。

家《いえ》の中《なか》のどこかで、おじさんがさけんでいる。

「ベン！　ハリー！　じいしんだ！　じいしんだ！」

ベンには日本語《にほんご》がわからなかったが、それでも、おじさんがなにをさけんでいるのかわかった。

（地震《じしん》だ！）

ゆれはどんどんはげしくなって、ハリーはいつのまにか、ベッドの上《うえ》でぴょんぴょんはねているみたいにバウンドしていた。
ベンはひっしでベッドに飛《と》びのり、ハリーをつかまえた。
まるで激流《げきりゅう》にもまれながら、いかだで川《かわ》をくだっているみたいだ。
ドサッ！
本《ほん》だなが、たおれた。
パン！
ガチャン！
ルームライトが床《ゆか》に落《お》ちたかと思《おも》うと、電球《でんきゅう》がわれた。
「イイーッ！」
ニャアが、金切《かなき》り声《ごえ》をあげる。
騒音《そうおん》の中《なか》でもひときわ大《おお》きいのは、雷《かみなり》のようなごう音《おん》だった。大地《だいち》そのものが、いかりのさけびをあげているかのようだ。そのすさまじい音《おと》が、ベンの耳《みみ》をはげしくうち、頭《あたま》の中《なか》でがんがんひびく。

「とめてよ！」

ハリーが、声《こえ》をはりあげる。

でも、ベンにはどうしようもない。こんなに長《なが》いあいだつづく地震《じしん》があるなんて、知《し》らなかった。カリフォルニアでもときどき地震《じしん》はあるが、せいぜい数秒《すうびょう》のことだ。

（こんなの、はじめてだ！）

そのときベンは、思《おも》い出《だ》した。日本《にほん》では、世界《せかい》じゅうのほとんどどこよりも、あのカリフォルニアよりも多《おお》くの地震《じしん》が発生《はっせい》している。理《り》科《か》の授業《じゅぎょう》で、一九二〇年代《ねんだい》に東京《とうきょう》に壊滅的《かいめつてき》な被害《ひがい》をもたらした地震《じしん》や、一九九〇年代《ねんだい》に神戸《こうべ》の街《まち》をおそった地震《じしん》のことを習《なら》った。

（そうだ、日本《にほん》は地震《じしん》の国《くに》なんだ！　すっかりわすれてた……）

授業《じゅぎょう》では、日本《にほん》の高層《こうそう》ビルは、強《つよ》い地震《じしん》にもたえられるように設計《せっけい》されていることも教《おそ》わった。高《たか》いビルは、しなるようにゆれて、しょうげきをにがすようにできているんだそうだ。

だけど、このあたりの建物《たてもの》は、古《ふる》いものばかりだ。おじさんの家《いえ》は木《き》としっくいでできている。この村《むら》の家《いえ》はどれもそうだけれど、ここの屋根《やね》も、赤《あか》いかわらぶきだ。

（おじさんの家《いえ》は、こんなにひどい地震《じしん》でも、だいじょうぶなの？　くずれない？）

ベンがパニックになりそうになったとき、ドーンという、爆発《ばくはつ》するような音《おと》がひびいた。
「兄《にい》ちゃん、見《み》て！」
ハリーが、天井《てんじょう》を指《ゆび》さす。
見《み》ると、大《おお》きな亀裂《きれつ》が走《はし》っている。亀裂《きれつ》は、みるみる広《ひろ》がっていく。
今《いま》にも、天井《てんじょう》がくずれてきそうだ。
（にげなきゃ！）

5 家《いえ》がくずれる！

ベンは、ハリーのうでをつかんだ。弟《おとうと》を引《ひ》きずるようにして床《ゆか》をはい進《すす》み、ドアのほうへ行《い》く。ところが、ドアを引《ひ》っぱっても、動《うご》かない。ひびが入って、ずれてしまった床《ゆか》に引《ひ》っかかっている。

（どうしよう……とじこめられた！）

胃《い》が、むかむかする。

（ここにはいられない！　でも、出《で》られない！）

ベンは、こおりついたように動《うご》けなくなった。心臓《しんぞう》が、はげしくうっている。頭《あたま》の中《なか》がぐるぐるまわって、とてもまともに考《かんが》えられない。（操縦《そうじゅう》していたF《エフ》16戦闘機《せんとうき》が墜落《ついらく》するとわかったとき、パパもこんな気持《きも》ちになったの？）

パパが事故《じこ》のことを話《はな》してくれたのは、家《いえ》のむかいにある、バスケットボール・コートにいたときだ。パパは、めったに戦争《せんそう》のことは話《はな》さない。だけど、トン、トン、トンとボールがはねる音《おと》を聞《き》くうちに、なんとなく気持《きも》ちがほぐれたのか、パパはそのときの経験《けいけん》を語《かた》りだした。

エンジンが爆発《ばくはつ》したとき、コックピットの制御盤《せいぎょばん》が、せわしなく点《てん》滅《めっ》しだした。戦闘機《せんとうき》は、高度《こうど》一七〇〇メートルを超《こ》える上空《じょうくう》を、時速《じそく》八〇〇キロメートルものスピードで飛《と》んでいた。いつなんどき、戦闘機《せんとうき》そのものが炎上《えんじょう》するかわからない。助《たす》かるには、緊急脱出《きんきゅうだっしゅつ》するしかない。大《おお》きな黄色《きいろ》いレバーを引《ひ》いて、コックピットから空《そら》へと飛《と》び出《だ》していくしかなかった。

コックピットの天井《てんじょう》は、とうめいなプラスチックでできていて、脱出《だっしゅつ》レバーを引《ひ》くと、ぱっとはずれるようになっている。同時《どうじ》に座席《ざせき》の下《した》で火薬《かやく》がさくれつして、パパは座席《ざせき》ごと機外《きがい》にほうり出《だ》されることになる。すると、二《ふた》つのパラシュートがひらく——ひとつめの小型《こがた》のものが、パパを上《うえ》に引《ひ》っぱって姿勢《しせい》を安定《あんてい》させ、二《ふた》つめの大《おお》きいパラシュートが、地面《じめん》までゆっくりとおろしてくれる。

（だが、もし天井《てんじょう》がうまくはずれなくて、頭《あたま》をうってしまったら？　パラシュートがひらかずに、まっすぐに地面《じめん》へと落下《らっか》してしまったら？）パパの頭《あたま》の中《なか》に、そんな考《かんが》えも、よぎったという。

脱出《だっしゅつ》に失敗《しっぱい》して悲惨《ひさん》な目《め》にあった話《はなし》なら、パパはいくらでも知《し》っていた。おおぜいのパイロットが亡《な》くなったり、大《おお》けがをして体《からだ》が不自由《ふじゆう》になったりしていた。

想像《そうぞう》するだけで、おそろしい。でも、パパは生死《せいし》にかかわる緊急事態《きんきゅうじたい》——敵《てき》の砲火《ほうか》をあびながら飛行《ひこう》したり、雷雨《らいう》の中《なか》を航空母艦《こうくうぼかん》に着陸《ちゃくりく》したり、胴体《どうたい》をねらってまっすぐに飛《と》んでくるミサイルをさけたり——にそなえて、ずっと訓練《くんれん》してきたのだ。

パパは、コートのフリースローラインにならんで、ボールをバウンドさせながら、ベンにうちあけた。

「いつだって、こわいことはこわいさ。だけど、恐怖《きょうふ》に負《ま》けてはいけない」

ゴールをじっと見《み》つめてから、パパはシュートした。

「えらぶのは、自分《じぶん》なのさ——生《い》きるか、死《し》ぬか。パニックになったら、それでおしまいだ」

シュッ。

ボールは、みごとにゴールした。

そして、パパは教《おし》えてくれた。

「パニックにならないためにね、訓練《くんれん》では、まず目《め》をとじろと、教《おそ》わる。それから、深呼吸《しんこきゅう》する。なんどもなんども、深《ふか》く息《いき》をすう。すると、頭《あたま》がすっきりして、するべきことに、取《と》りかかれる」

ベンは、目《め》をとじてみた。なかなか、たくさん空気《くうき》をすいこめない──自分《じぶん》の胸《むね》が、ゴムバンドでぐるぐるまきにされてしまったみたいだ。それでも、パパの声《こえ》を思《おも》い出《だ》して、自分《じぶん》をはげます。

〝なんども〟

〝深《ふか》く息《いき》をすう〟

気《き》がつけば、頭《あたま》の中《なか》はもう、ぐるぐるまわっていなかった。体《からだ》のきんちょうも、とけている。

（考《かんが》えろ、身《み》を守《まも》るには、どうすればいい？）

ベンは、ハリーのうでをつかんだ。

弟《おとうと》を引《ひ》っぱって、ベッドへともどる。ベッドには、がんじょうそうな金属製《きんぞくせい》の足《あし》がついている。

ハリーをベッドの下《した》へとおしこんでから、ベンも、大急《おおいそ》ぎでもぐりこんだ。

「まって！」ハリーがさけぶ。「ニャアが！」

見《み》れば、ねこは部屋《へや》のまん中《なか》で、こおりついている。

ハリーがベッドの下《した》からはい出《で》ようとしたが、ベンは弟《おとうと》の足首《あしくび》をつかんで、引《ひ》きもどした。

「ニャアを助《たす》けて！」ハリーがひっしにたのむ。

ベンはベッドの下《した》からぬけ出《だ》して、ひじではい進《すす》んでニャアに近《ちか》づいた。しっぽをつかんで引《ひ》きよせる。ニャアはうなり声《ごえ》をあげて引《ひ》っかいたが、なんとかベッドの下《した》へとつれていくと、ハリーがねこをしっかりとだきよせた。

ベンもかろうじて身《み》をかくしたそのとき、部屋《へや》が爆発《ばくはつ》したようなしょうげきに、おそわれた。大《おお》きな音《おと》とともに、天井《てんじょう》が落《お》ちてきた！

6 家《いえ》の外《そと》へ出《で》ろ！

やっと、ゆれがおさまった。
あたりは、まっくらだ。
ハリーがすすり泣《な》きながら、かろうじて声《こえ》を出《だ》した。
「兄《にい》ちゃん？」
「もうだいじょうぶだよ」ベンはこたえた。
（なんとか、助《たす》かったみたいだ）

まっていたほこりがへってきて、床《ゆか》じゅうにこわれた屋根《やね》の残《ざん》がいが散《ち》らばっているのがわかった――われたかわら、大《おお》きな木片《もくへん》、しっくいのかたまり。ベッドが二人《ふたり》を守《まも》ってくれたのだ。

ふたたび、パニックにおそわれそうになる。頭《あたま》の中《なか》で、疑問《ぎもん》がうずまいている。

（ママとおじさんは、どこ？　ほかの部屋《へや》は、どうなったんだろう？）

自分《じぶん》たち兄弟《きょうだい》は天井《てんじょう》の下《した》じきにならずに、こうしてぶじに生《い》き残《のこ》った。

（だけど、もしママとおじさんが、安全《あんぜん》な場所《ばしょ》を見《み》つけられなかったとしたら？　また地震《じしん》がおそってきたら？　もしも……）

ベンはもう一《いち》ど目《め》をつぶって、深呼吸《しんこきゅう》した。そして、もう一《いち》ど。

パニックになっていた頭《あたま》がやっと落《お》ちついてくると、ママもパパと同《おな》じように、空軍《くうぐん》で訓練《くんれん》を受《う》けていたことを思《おも》い出《だ》した。ママなら、自分《じぶん》で自分《じぶん》の身《み》を守《まも》れるはずだ。おじさんは、この家《いえ》を自分《じぶん》で建《た》てた。だから、安全《あんぜん》なかくれ場所《ばしょ》は、わかっているだろう。

ハリーがベンにぴったりと身《み》をよせながら、しゃくりあげる。

「兄《にい》ちゃん、ぼく、こわいよ」

ベンは、弟《おとうと》の背中《せなか》をかるくたたいてなぐさめようとしたが、弟《おとうと》はわんわん泣《な》きだしてしまった。佐藤先生《さとうせんせい》からきずをぬうと言《い》われたときよりも、ずっと大《おお》きな声《こえ》だ。

ベンは、なんとかきびしい声《こえ》をつくって、言《い》った。

「ジェダイの騎士《きし》は、強《つよ》くなくちゃいけないんだぞ！　せっかくうでにきずあとができたんだから、もっと勇《ゆう》かんになれ」

するとハリーは、鼻《はな》をぐすぐすいわせながら、泣《な》きやんだ。ベンは、ほっとした。

ハリーは、パジャマのそでで、鼻水《はなみず》をぬぐった。それから、ニャアをぎゅっとだきしめ、ささやいた。

「ぼくらは勇《ゆう》かんにならなくちゃね、ニャア」

そのとき、ママの声《こえ》が聞《き》こえてきた。

「ベン！　ハリー！」

「ママ！」ハリーが、かん高《だか》い声《こえ》を出《だ》す。

「二人《ふたり》とも、けがはない？」

ママの声《こえ》ははっきりと、力強《ちからづよ》くひびいている。

ベンはできるだけいさましい声《こえ》に聞《き》こえるように、さけんだ。

「ぼくらはだいじょうぶだよ！　ベッドの下《した》にいるんだ！」

「そこから動《うご》くんじゃないぞ！」

おじさんの声《こえ》もした。おじさんとママは、ベンたちのすぐそばにいるようだ。


ママとおじさんが、残《ざん》がいをふみこえて来《き》てくれるまでの時間《じかん》は、ベンにとってはまるで永遠《えいえん》のように長《なが》く感《かん》じられた。ママがひざまずいてベッドの下《した》をのぞきこみ、ベンとハリーを見《み》つけた。ママの顔《かお》は、どろや汗《あせ》にまみれているが、その目《め》は、やさしく光《ひか》っている。

「さあ、出《で》ていらっしゃい」

ベンはまず弟《おとうと》をママのうでの中《なか》へおしてから、自分《じぶん》もあとにつづいて、はい出《で》た。

ママはベンとハリーにうでをまわして、だきしめた。このごろ、ベンはママのうでからにげることが多《おお》くなっていた。でも、今《いま》はちがう。ベンは、ママのうでのあたたかさを、なつかしく、うれしく思《おも》った。ママの厚手《あつで》のセーターをとおして、心臓《しんぞう》がどきんどきんとはげしくうっているのがわかる。ニャアもはい出《だ》してきて、ハリーの足《あし》もとに頭《あたま》をうずめた。

ママが少《すこ》し体《からだ》をはなす。

「ベッドの下《した》にかくれるなんて、よく思《おも》いついたわね」

ママはそう言《い》いながら、二人《ふたり》の息子《むすこ》の顔《かお》をながめた。

ニャアをだき上《あ》げながら、ハリーがこたえる。

「兄《にい》ちゃんが、引《ひ》っぱっていってくれたんだ」

ママが、ベンのほうを見《み》た。手《て》をのばして、ベンのほおにそっとふれる。とたんに、ベンの心《こころ》に、ほこらしさがこみあげてきた。

「よくやったわ、ベン。さあ、外《そと》へ出《で》なければ。二人《ふたり》のくつを、もってきたのよ」

ベンはいそいで、くつをはいた。ハリーのくつは、ママがはかせてやった。

おじさんが、そわそわしたようすで、言《い》う。

「急《いそ》ごう。かなり強《つよ》いゆれだった。あんなに強《つよ》いゆれは、おじさんもはじめてだ。余震《よしん》といって、またゆれが来《く》ることがある。家《いえ》の中《なか》にいたら、あぶない」

そのとき、大地《だいち》がおじさんの言葉《ことば》を耳《みみ》にしたかのように、家《いえ》ががたがたとはげしくゆれだした。天井《てんじょう》の一部《いちぶ》が、またしても大《おお》きな音《おと》をたてて、床《ゆか》に落《お》ちてくる。

みんなであわてて、玄関《げんかん》のほうへと移動《いどう》した。たおれた家具《かぐ》や本《ほん》の山《やま》、われたガラスを、ふみこえていく。屋根以外《やねいがい》の部分《ぶぶん》は、大《おお》きくこわれたところはなかったようだが、いつくずれても、おかしくない。やっと外《そと》に出《で》たとき、ベンはほっと胸《むね》をなでおろした。みんなで庭《にわ》を横切《よこぎ》って、通《とお》りに出《で》る。

大《おお》きな木《き》が何本《なんぼん》かたおれていたが、桜《さくら》の木《き》は、しっかりと立《た》っている。

「ここで、まっていなさい」

おじさんはそう言《い》うと、近所《きんじょ》の人《ひと》たちが集《あつ》まっているほう道《みち》のまん中《なか》へと、走《はし》っていった。道《みち》ぞいの家《いえ》の三軒《げん》が、めちゃくちゃにつぶれてしまっていた。でも、三家族《かぞく》はみんな、外《そと》ににげている。寒《さむ》さの中《なか》、ママ、ベン、ハリーの三人《にん》は身《み》をよせあった。ハリーは、ニャアをしっかりとだきしめている。

「もうだいじょうぶよ」ママが言《い》う。

ベンは自分《じぶん》に言《い》い聞《き》かせた——いちばんおそろしい時間《じかん》は、もうすぎたんだ、と。

ベンがふと気《き》づくと、おじさんはいつのまにか、だまって遠《とお》くを見《み》ていた。二人《ふたり》の村人《むらびと》といっしょだ。三人《にん》とも、はるか遠《とお》くの海《うみ》のほうをじっと見《み》つめている。

おじさんたちの視線《しせん》の先《さき》をたどってみると、海《うみ》の上《うえ》に、なにやらきみょうな、灰色《はいいろ》の雲《くも》のようなものがうかんでいる。

けむりみたいに見《み》える。

(大《おお》きな船《ふね》が、もえているのかな? ううん、そんなはずはない。あんなに大《おお》きな船《ふね》はない……)

そのとき、サイレンが鳴《な》りひびいた。

とつぜん、雲《くも》の正体《しょうたい》がわかって、ベンはぞっとした。

(あれは、雲《くも》じゃない。火事《かじ》でもない。……あれは、波《なみ》だ!)

とてつもなく大《おお》きな波《なみ》だった。ビルよりも高《たか》くて、どこから始《はじ》まってどこで終《お》わるのか、わからないほど大《おお》きい。ずっとどこまでもつづいているようだ。

おじさんが、さけんだ。

「津波《つなみ》だ！」

7 津波《つなみ》だ！

考《かんが》えている時間《じかん》は、なかった。

「車《くるま》に乗《の》るんだ！」おじさんがさけんだ。

ママがハリーをだき上《あ》げ、みんなでいちもくさんに車《くるま》のほうへとかけていく。ママは助手席《じょしゅせき》にすわってハリーをひざの上《うえ》にのせ、ベンは、後部座席《こうぶざせき》に飛《と》びこんだ。

ベンがドアをしめたときには、おじさんはすでにエンジンをかけていた。キーッと音《おと》をたてながら、車《くるま》が走《はし》りだす。

シートベルトをしめながら、ベンはふしぎに思《おも》っていた。

（どうして、おじさんはこんなにあせっているんだろう？）

ここは、海《うみ》のすぐそばではない。少《すく》なくとも、五分《ふん》は歩《ある》かないと、海岸《かいがん》に着《つ》かない。陸地《りくち》のこんな奥《おく》まで波《なみ》がおしよせてくるなんて、ベンは聞《き》いたことがなかった。

たぶん、おじさんは万《まん》が一《いち》にそなえて、避難《ひなん》することにしたのだろうと、ベンは思《おも》った。

道路《どうろ》には、大《おお》きなひびが入《はい》っていた。おじさんはひびわれをさけて、ハンドルを切《き》った。うしろの席《せき》で、ベンは左右《さゆう》にはげしくゆさぶられた。

「いったい、なにが起《お》こってるの？」

ハリーがさけんで、ニャアをきつくだきしめた。

ママが、いつもの落《お》ちついた声《こえ》で答《こた》えた。

「海《うみ》からできるだけ、はなれようとしているのよ」

そのとき、ぶきみな音《おと》が聞《き》こえてきた。

ゴゴゴゴゴ……。

音《おと》はどんどん大《おお》きくなり、地震《じしん》のときよりもさらにおそろしいごう音《おん》となって、鳴《な》りひびいた。まるで、ジェット機《き》がすぐうしろで着陸《ちゃくりく》しようとしているみたいだ。

ふりかえったとたん、ベンは心臓《しんぞう》がとまりそうになった。

白《しろ》くあわ立《だ》つ、巨大《きょだい》な水《みず》のかべが、ものすごいスピードで通《とお》りをの

茂木

ぼってくる。

水《みず》だけじゃない。大波《おおなみ》は、たおれた家屋《かおく》の一部《いちぶ》やこわれた車《くるま》、松《まつ》の木《き》まるごと一本《ぽん》、板切《いたき》れや金属板《きんぞくばん》なども、いっしょにはこんでくる。

(行《ゆ》く手《て》にあるものを、すべてのみこんでいるんだ！)

男性《だんせい》が二人《ふたり》、歩道《ほどう》を走《はし》ってにげていた。だが、ベンがはっと息《いき》をのんだしゅんかん、二人《ふたり》は大波《おおなみ》にのみこまれていた。

今《いま》や津波《つなみ》は、ベンたちの乗《の》る車《くるま》にせまってきている。

おじさんが、思《おも》いきりアクセルをふんだ。エンジンがうなり、車《くるま》がビュンと前《まえ》に進《すす》む。

ママがうしろに手《て》をのばしてベンの手《て》をつかみ、しっかりとにぎった。ママと目《め》があう。ママは、ベンがはじめて見《み》る表情《ひょうじょう》をしていた。

パパが事故《じこ》で亡《な》くなったときだって、こんな顔《かお》はしなかった。ベンは、気《き》づいた。

（ママも、こわいんだ！　おびえてるんだ）

はっと気《き》づけば、車《くるま》は波《なみ》に追《お》いつかれていた。白《しろ》い水《みず》しぶきをあげながらあれくるう、まっ黒《くろ》な水《みず》に、かこまれている。

タイヤが水《みず》につかって、車《くるま》はくるくるとまわりだした。

あまりの恐怖《きょうふ》に、声《こえ》も出《で》ない。

水位《すいい》がぐんぐん上《あ》がっていき、車《くるま》がいきなりぐらりとかたむいた。

ベンはシートベルトで固定《こてい》されていたが、ママとハリーはおじさんのほうへとたおれこんで、三人《にん》ともおり重《かさ》なって、ドアにどんとぶつかった。

とたんに、ドアがひらいた。おじさんが、車《くるま》からころがり落《お》ちた。

「おじさん！」ベンはさけんだ。

（このままでは、ママとハリーも車《くるま》から投《な》げだされちゃう！）

ドアがゆれて大《おお》きくひらき、ママとハリーがすべり落《お》ちそうになる。

ママは片手《かたて》でハンドルをつかみ、もう片方《かたほう》のうでで、ハリーをしっかりとかかえた。ハリーはニャアをつかんで、はなさない。

ベンはママをつかまえようとしたが、シートベルトに引《ひ》っぱられて、身動《みうご》きがとれない。

「ママ！」ベンはさけんだ。「しっかりつかまって！」

「わかってるわ！」ママが、さけびかえす。

ベンはしばらくシートベルトと格闘《かくとう》して、ようやくはずすことができた。しかし、ママの手《て》をつかもうとしたとき、車《くるま》がほとんど横《よこ》だおしになるほど、大《おお》きくかたむいた。とうとう、ママ、ハリー、ニャアが、車《くるま》からほうりだされてしまった。

みんながあっという間《ま》に流《なが》されていくのを、ベンは、ただ見《み》つめることしかできなかった。

ベンはシートを乗《の》りこえ、みんなのあとを追《お》って、水《みず》の中《なか》に飛《と》びこもうとした。

ところが、今《いま》や水位《すいい》はますます高《たか》くなり、車《くるま》が前後《ぜんご》にはげしくゆり動《うご》かされている。ドアが、バタンとしまった。車《くるま》の屋根《やね》の上《うえ》に、波《なみ》が次々《つぎつぎ》とおしよせる。こごえそうにつめたい水《みず》が、じわじわと車《くるま》の中《なか》に流《なが》れこんできた。ベンがうろたえているうちに、水《みず》は胸《むね》のところまで上《あ》がってきた。必死《ひっし》にあけようとしても、ドアはまったく動《うご》かない。
水《みず》は、ベンのあごまでせまってきた。
（にげられない！）

8 水《みず》の中《なか》にしずむ車《くるま》

車《くるま》はくるくるまわり、ひっくりかえされ、水中深《すいちゅうふか》くしずんでいく。

ベンの目《め》の前《まえ》は、まっくらだ。目《め》まいがしてくる。

(どっちが上《うえ》で、どっちが下《した》なのかもわからないよ!)

まるで、水《みず》でみたされた、かぎのかかったはこか……飛行機《ひこうき》の中《なか》にとじこめられたみたいだ。

(海《うみ》についらくした戦闘機《せんとうき》!)

ベンは、パパに教《おそ》わった話《はなし》をまた、思《おも》い出《だ》した。

パイロットの訓練《くんれん》についての話《はなし》だった。F《エフ》16戦闘機《せんとうき》のパイロットになるには、何年《なんねん》もかかる。しかも、なったからといって、訓練《くんれん》が終《お》わるわけじゃない。新《あら》たな編隊《へんたい》の組《く》み方《かた》を練習《れんしゅう》したり、いろんな演習《えんしゅう》を行《おこな》ったりしないといけない。いちばんつらいのは、水中脱出訓練《すいちゅうだっしゅつくんれん》だという。

海《うみ》についらくした場合《ばあい》にそなえて、軍《ぐん》のパイロットならだれもがこの訓練《くんれん》を受《う》けるそうだ。飛行機《ひこうき》はまたたく間《ま》に水中《すいちゅう》にしずんでしまい、機内《きない》はたちまち水《みず》でいっぱいになる。きわめて優秀《ゆうしゅう》なパイロットでさえ、水中《すいちゅう》ではすっかり混乱《こんらん》してしまうと、パパは言《い》っていた。

だから、空軍《くうぐん》はパイロットになんども、水中脱出訓練《すいちゅうだっしゅつくんれん》を受《う》けさせる。

一年《ねん》に二回《かい》、パパはとくべつな訓練《くんれん》センターに行《い》った。目《め》かくしをされ、訓練用《くんれんよう》コックピット内《ない》に安全《あんぜん》ベルトで固定《こてい》されると、そのままひっくりかえされ、こごえるほどつめたいプールの中《なか》へとしずめられてしまう。パパはベルトをはずして、出口《でぐち》を見《み》つけ、泳《およ》いで水面《すいめん》まで上《あ》がってこないといけない――そのあいだずっと息《いき》をとめながら。パイロットになりたてのころ、パパはときどき訓練《くんれん》に失敗《しっぱい》したそうだ。レスキューダイバーに、水面《すいめん》に引《ひ》っぱり上《あ》げてもらったという。

しかし、今《いま》は、レスキューダイバーがいるわけではない。

(自力《じりき》で脱出《だっしゅつ》しないと、とじこめられたまま、おぼれちゃう)

ベンは、目《め》をつぶった。どうやって水中《すいちゅう》にしずんだ飛行機《ひこうき》の中《なか》から脱出《だっしゅつ》するか、パパはたしかこんなふうに話《はな》していた。

——パイロットは、目《め》の代《か》わりに手《て》を使《つか》う。機内《きない》を手《て》でさぐって、脱出口《だっしゅつこう》を見《み》つけるのだ。沈没《ちんぼつ》した飛行機《ひこうき》のドアは、水圧《すいあつ》でまったく動《うご》かなくなってしまう。パイロットはどこか、さけ目《め》をさがすか、まどをぶちやぶるしかない。

今《いま》や水《みず》はベンの口《くち》の上《うえ》まできており、そろそろ鼻《はな》も水《みず》につかってしまいそうだ。ベンはあごを上《あ》げて、息《いき》を深《ふか》くすいこんだ。水面《すいめん》に上《あ》がれなければ、息《いき》をすえるのは、これがさいごになるだろう。目《め》をつぶったまま、車《くるま》の表面《ひょうめん》にそって両手《りょうて》であちこちさわってみる。感《かん》しょくから、それがなんなのか、思《おも》いえがいてみる——シート、屋根《やね》、ウインドー。ベンはウインドーの開閉《かいへい》ボタンを見《み》つけておしてみた。だが、なにも起《お》こらなかった。水《みず》につかって、車《くるま》の電気系統《でんきけいとう》がショートしてしまったにちがいない。

息《いき》がくるしくて、肺《はい》が破裂《はれつ》しそうだ。もう、あと数秒《すうびょう》しかもたないだろう。早《はや》くしないと、体力《たいりょく》がつきてしまう。手《て》さぐりをつづけるうちに、ハンドルをつかんでいた。おじさんの小《ちい》さな車《くるま》の中《なか》はきゅうくつだったが、シートにねころがって、両《りょう》ひざを胸《むね》のほうに引《ひ》きよせ、両手《りょうて》でしっかりとハンドルをつかむ。ありったけの力《ちから》をこめて、助手席側《じょしゅせきがわ》のドアのまどガラスをけった。

ドーン。

まどガラスは、まったく動《うご》かない。

ベンは、なんどもくりかえし、けった。

ドーン。

ドーン。

ドーン。

すると、ガラスがまどわくからはずれた。

バリッ！

ベンは体《からだ》のむきを変《か》えると、おしてくる水《みず》の力《ちから》にさからいながら、身《み》をよじってまどわくを通《とお》りぬけた。両足《りょうあし》で車体《しゃたい》をぐいとおして、そのいきおいで、水面《すいめん》にむかっていっきに上昇《じょうしょう》する。

ところが、ようやく水面《すいめん》に顔《かお》を出《だ》したとたん、またしても波《なみ》にのまれてしまった。

水《みず》はまるで、おそろしい生《い》きもののようにベンにおそいかかってきた。たくましいうでうちすえ、体《からだ》を引《ひ》きさこうとする。ひっしの思《おも》いで水面《すいめん》に上《あ》がって息《いき》をすおうとするたびに、水《みず》につかまって、また水中《すいちゅう》へと引《ひ》きずりこまれてしまう。

もう、限界《げんかい》だった。気《き》が遠《とお》くなってくる。

そのとき、すぐそばで、なにやら大《おお》きなものが水《みず》に流《なが》されているのが目《め》に入《はい》った。

（なんだ、あれ？）

一《いっ》しゅん、クジラでも泳《およ》いでいるのかとベンは思《おも》った。最後《さいご》の力《ちから》をふりしぼって、水《みず》をける。

それは、ソファだった。ベンは、どうにかそれによじ登《のぼ》ることができた。

肺《はい》いっぱいに、大《おお》きく息《いき》をすう。なんどもなんども。口《くち》や鼻《はな》の中《なか》には、きたない水《みず》がいっぱい入《はい》ってしまった。にがい後味《あとあじ》が気持《きも》ち悪《わる》くて、ベンはつばをはき、せきをして、はなをかんだ。まばたきすると、目《め》が焼《や》けるようにひりひりした。

ソファの上《うえ》で、ベンは、じょじょに落《お》ちつきを取《と》りもどした。視界《しかい》もはっきりしてきた。

あたりを見《み》まわしてみたが、見《み》ている光景《こうけい》が現実《げんじつ》のものとは、とうていしんじられない。

見《み》わたすかぎり、水《みず》だった——さかまくまっ黒《くろ》などろどろした水《みず》の上《うえ》には、家《いえ》などの一部《いちぶ》だったらしいがれきが、いたるところにうかんでいる。

ベンは、天《てん》をあおいでさけんだ。

「ママ！　おじさん！　ハリー！」

その声《こえ》はこだまするばかりで、だれの声《こえ》もかえってこなかった。

付近《ふきん》には、まったく人《ひと》かげがない。

津波《つなみ》が、なにもかもおし流《なが》してしまった。

9 意外《いがい》な相棒《あいぼう》

それからしばらくのあいだ、ベンはソファに乗《の》って両《りょう》うでに顔《かお》をうずめたまま、ゆらゆらと水《みず》にうかんでいた。見上《みあ》げると、空《そら》は、こく、にぶい灰色《はいいろ》へと変化《へんか》している。水《みず》の流《なが》れはおだやかになり、もうはげしくさかまいたりしていない。今《いま》ベンは、海《うみ》のまん中《なか》で漂流《ひょうりゅう》しているかのように、ただ水面《すいめん》をただよっている。水《みず》はもうおそいかかってはこなかったが、とにかく寒《さむ》くて、こごえそうだった。

これほど、ひしひしと孤独《こどく》を感《かん》じたのは、はじめてだった。

パパが事故《じこ》で亡《な》くなってから数週間《すうしゅうかん》のあいだ、自分《じぶん》の部屋《へや》にとじこもっていたときでさえ、こんなにさびしくはなかった。

あのころ、ベンはだれにも会《あ》わず、だれとも口《くち》をきかなかった。パパのお葬式《そうしき》からずっと、ベンの家《いえ》にいてくれたおじさんさえも、拒絶《きょぜつ》していた。

でも、あのひとりぼっちのくらい部屋《へや》の中《なか》で、ベンはママがつねにそばにいてくれるとわかっていた。ママだけじゃない。ハリーがずっとドアをノックしていたし、コーチや友《とも》だちもやってきて、玄関《げんかん》のベルを鳴《な》らしてくれていた。それなのに、ベンはみんなを追《お》いはらってしまった。

今《いま》なら、自分《じぶん》がどんなにめぐまれていたのか、わかる。みんなが自《じ》分《ぶん》のためにそこにいてくれる――わかっていたから、ベンは平気《へいき》だったのだ。

（ぼくは、なんて自分勝手《じぶんかって》だったんだろう）

身《み》を切《き》るような、つめたい風《かぜ》がふく。ベンはぶるっとふるえた。歯《は》ががちがち鳴《な》っていたので、どこからか聞《き》こえてくるかん高《だか》い音《おと》に、しばらく気《き》づかなかった。

「イーッ、イーッ！」

ベンは、顔《かお》を上《あ》げた。きっと空耳《そらみみ》だろう、と思《おも》った。

ところが、また聞《き》こえる。

「イーッ、イーッ！」

どこから聞《き》こえるのか、水面《すいめん》を見《み》まわす。いろいろなものが、うかんでいる。照明器具《しょうめいきぐ》、新聞紙《しんぶんし》、大《おお》きなテディベアのぬいぐるみ、びん、サッカーボール。

三メートルほどはなれた場所《ばしょ》で、なにやら小《ちい》さなものが動《うご》いていた。

マットレスごと流《なが》されたベッドに乗《の》っている。

（動物《どうぶつ》のぬいぐるみかな？）

そのとき、Z形《ゼットがた》のしっぽが目《め》に入《はい》った。

「イーッ、イーッ！」

「ニャアじゃないか！」

次《つぎ》のしゅんかん、ベンはためらわずに水《みず》に飛《と》びこんでいた。

水《みず》にうかんでいる、いろいろなものをかきわけながら、すばやく泳《およ》いでいく。

マットレスのところまでたどり着《つ》くと、しっかりとつかまった。

「ニャア！　ぼくだ、ベンだよ！」

ねこはぶるぶるふるえながら、青《あお》い目《め》でぼんやりとベンを見《み》ている。

「ぼくがわからないのかい？」

ねこに話《はな》しかけるなんて、まったくどうかしている、とベンは心《こころ》の中《なか》で思《おも》った。

しかし、そのとき、ニャアの目《め》がきらりと光《ひか》ったような気《き》がした。ねこはよろよろとマットレスのはしまで歩《ある》いてくると、鼻《はな》をベンの顔《かお》のあたりまでもち上《あ》げた。そして、ごろごろとのどを鳴《な》らした。

（ニャア！　ぼくが、わかったんだね）

ベンの目《め》に、思《おも》わずなみだがあふれた。このやせた年《とし》よりのねこが、救出《きゅうしゅつ》にやってきた海軍《かいぐん》のヘリコプターのようにたのもしく感《かん》じられ、ベンは心《こころ》からほっとしていた。

マットレスの上《うえ》に乗《の》ると、ベンは足《あし》を組《く》んですわった。ニャアの体《からだ》をもち上《あ》げ、いつも弟《おとうと》がやっていたようにだきよせる。

地震《じしん》がおそってきてから、はじめてのおだやかなしゅんかんだった。

だが、そんな時間《じかん》も長《なが》くはつづかなかった。

水《みず》がふたたび、動《うご》きはじめたのだ。マットレスは、どんどん流《なが》されていく。ただし、水《みず》はさっきとは、逆方向《ぎゃくほうこう》に流《なが》れている――海《うみ》のほうへと。

（いったい、なにが起《お》こっているんだろう？）

ベンは、去年《きょねん》の夏《なつ》、家族《かぞく》で海《うみ》に遊《あそ》びに行《い》ったときのことを思《おも》い出《だ》した。

ママとハリーは、海岸《かいがん》ですごく大《おお》きな砂《すな》の城《しろ》をつくった。パパとベンは、なん時間《じかん》もボディーサーフィンを楽《たの》しんだ。巨大《きょだい》な波《なみ》にすいすい乗《の》っては、ビーチへとすべっていった。あのとき、ビーチにおしよせた波《なみ》は、また海《うみ》にすいこまれていった。沖《おき》にむかって引《ひ》いていく水《みず》の流《なが》れはとても強《つよ》くて、パパはベンが流《なが》されないように、ときどきつかんでくれた。

(あれと同《おな》じことが起《お》こってるんだ、きっと)

いっきにおしよせた大波《おおなみ》は、ふたたび海《うみ》にもどっていこうとしているのだ！

残《ざん》がいの山《やま》といっしょに、マットレスは水面《すいめん》をゆっくりと進《すす》んでいく。

(考《かんが》えろ！ 考《かんが》えろ！ このままでは、ぼくとニャアは、沖《おき》に流《なが》されちゃう！)

そのとき、進《すす》んでいく先《さき》にあるなにかが、目《め》に入《はい》った——水面《すいめん》からつき出《だ》す、ひょろりと細《ほそ》い木《き》だ。マットレスからジャンプして、あの木《き》につかまろう、とベンはきめた。

（チャンスは、一回《かい》きりだ）

ニャアをだきあげると、スカーフみたいに首《くび》のうしろにまく。

「ぼくにつかまってるんだよ」ニャアに言《い》いきかせる。

立《た》ち上《あ》がって、マットレスの上《うえ》で姿勢《しせい》を低《ひく》くする。ニャアが爪《つめ》を立《た》てて、ベンの肩《かた》をぎゅっとつかんだ。いたかったが、気《き》にならなかった。前方《ぜんぽう》の木《き》を、じっと見《み》すえる。ちょっとでもタイミングをまちがえたら、アウトだ。

頭《あたま》の中《なか》で、カウントダウンを始《はじ》める。
五、四、三、二、一……。
ベンは、マットレスから飛《と》んだ。ニャアが背中《せなか》からはなれて、木《き》の上《うえ》に飛《と》びおりる。ベンも手《て》をのばして、木《き》につかまろうとする。ところが、うまくいかない。かじかんだ手《て》がすべって、ぬるぬるした樹皮《じゅひ》をつかみそこねてしまった。

(しまった!)

ベンは、水《みず》の中《なか》に落《お》ちてしまった!

10 生《い》きるか、死《し》ぬか

流《なが》されそうになったとき、なにかがベンの背中《せなか》にふれた。

ふりむくと、ニャアだった。ねこは前足《まえあし》をベンの服《ふく》の背中《せなか》に引《ひ》っかけ、後足《あとあし》を木《き》に乗《の》せたまま、ふんばっていた。

（ニャアが、ひっしにぼくをつかんでくれたんだ！）

十本《じっぽん》の爪《つめ》が、服《ふく》をしっかりつかまえている。ベンは歯《は》を食《く》いしばり、こごえた指《ゆび》をのばした。なんとか、手《て》がとどいた。ベンはすかさず、両足《りょうあし》を木《き》の幹《みき》にまわして、しっかりとまきつけた。そのまま少《すこ》しずつずり上《あ》がっていき、やがて水《みず》の中《なか》から出《で》ることができた。

（やったぞ。うまくいった）

ニャアは、ベンの背中《せなか》から爪《つめ》をはずすと、ベンの肩《かた》の上《うえ》に乗《の》っかった。

「ありがとう、ニャア」ベンは、あえぎながら言《い》った。

ベンは木《き》にしがみついたまま、水《みず》が海《うみ》へともどっていくのを見《み》つめた。

おどろくほどのスピードで、波《なみ》は引《ひ》いていく。まるで、巨大《きょだい》なバスタブから水《みず》をぬいたみたいだ。数分《すうふん》のうちに、水《みず》はほとんどなくなってしまった。

あとに残《のこ》ったのは、一面《めん》のどろだった——ひざの高《たか》さまであるまっ黒《くろ》の、油《あぶら》だらけのどろ。ひどいにおい——くさったような、すさまじい悪臭《あくしゅう》——のせいで、ベンは鼻《はな》がひりひりした。

ベンは、ニャアといっしょに木《き》からおりた。どこもかしこも、がれきの山《やま》だった。木材《もくざい》や金属《きんぞく》、くだけた屋根《やね》がわら、津波《つなみ》にのみこまれた家屋《かおく》や建物《たてもの》の残《ざん》がいだらけだ。それから衣服《いふく》、本《ほん》や雑誌《ざっし》、うでが一本《ぽん》ちぎれた人形《にんぎょう》、ぺしゃんこになった野球帽《やきゅうぼう》、つぶれたパソコンなどといったものも、あちこちに散《ち》らばっている。

（持《も》ち主《ぬし》は、いったいどうなったんだろう？　この服《ふく》を着《き》て、あの本《ほん》のページをめくっていた人《ひと》は？　あの人形《にんぎょう》で遊《あそ》んで、そこのパソコンでバスケットボールの試合結果《しあいけっか》を調《しら》べていた子《こ》どもは？　みんな、どこに行《い》ってしまったの？　まさか、生《い》き残《のこ》ったのは、ぼくだけなの？）

ベンは、すわりこんでしまった。すっかりくらい気分《きぶん》になっていた。

あの大波《おおなみ》よりももっとどす黒《ぐろ》くて、重苦《おもくる》しい気持《きも》ちだった。

こんなにへとへとにつかれて、こごえそうに寒《さむ》かったことは、今《いま》までなかった。どろだらけの服《ふく》は、氷《こおり》みたいにつめたい。それに、全身《ぜんしん》、切《き》りきずだらけだ。

体《からだ》じゅうの力《ちから》が、ぬけてしまった。なにも考《かんが》えられない。どろの中《なか》で丸《まる》くなってしまいたい。

（そうだ、ねころがってしまおう。目《め》をとじて。すべてをわすれて）

そこまで考《かんが》えたとき、とつぜん、パパのことがぱっと頭《あたま》にうかんだ。

アフガニスタンのほら穴《あな》ですごした最後《さいご》の夜《よる》のことを、パパはこんなふうに話《はな》してくれた。

「あのときのパパは、ひどいありさまだった」

こおりつくような寒《さむ》さで、パパはひもじくて、つかれきっていた。足首《あしくび》はずきずきといたんで、太《ふと》ももとおなじくらいの太《ふと》さにまで、はれている。ほら穴《あな》の中《なか》には、ネズミがうようよしていた。そのうえ、ろくにねていなかった。見慣《みな》れない葉《は》っぱを食《た》べたせいでくちびるもはれて、のどが焼《や》けるようにいたかった。水《みず》は一滴《てき》もない。無線機《むせんき》もバッテリーが切《き》れていた。一週間《しゅうかん》ずっと緊急用《きんきゅうよう》の救難信号《きゅうなんしんごう》を送《おく》ろうとしていたが、相手《あいて》からはノイズ交《ま》じりの声《こえ》が聞《き》こえてくるばかりだった。だれの声《こえ》なのかも、助《たす》けが来《く》るのかどうかも、わからない。

「あのとき、状況《じょうきょう》はよくなかった」パパは言《い》った。

「……ほとんど、絶望的《ぜつぼうてき》だった。でも、ひとつだけ、訓練《くんれん》では教《おし》えてもらえないことを、パパは知《し》っていたのさ。それは、どんなにこわくても、どんなに望《のぞ》みがなかったとしても、ぜったいに希望《きぼう》をなくしちゃいけないってことだ」

パパは、希望《きぼう》を失《うしな》わなかった。

ネズミをつかまえて殺《ころ》すと、焼《や》いて夕食《ゆうしょく》にした。ママやベン、ハリーのことを思《おも》い出《だ》して、これから家族《かぞく》ですごすしあわせな時間《じかん》を夢見《ゆめみ》て、正気《しょうき》をたもった。ひえきった両《りょう》うでをぐるぐるまわして、指先《ゆびさき》まで血《ち》がめぐるようにした。

七日《なのか》めの朝《あさ》、頭上《ずじょう》を飛《と》んでいるヘリコプターの爆音《ばくおん》で、パパは目《め》をさました。すっかり弱《よわ》っていて、歩《ある》けなかった。だから、ほら穴《あな》の外《そと》まではっていった。

ちょうど、飛《と》んでいるヘリコプターが目《め》に入《はい》った。パパは全身《ぜんしん》の力《ちから》をふりしぼって、なんとか、号砲《ごうほう》を鳴《な》らした。

こうして、ぎりぎりのところでパパは救出《きゅうしゅつ》された。


（ぼくも、希望《きぼう》を失《うしな》っちゃだめだ！　パパの息子《むすこ》なんだから）

ベンは目《め》をとじて深《ふか》く息《いき》をすい、心《こころ》を落《お》ちつけた。がれきの中《なか》を見《み》わたしてなにか――なんでもいい――役《やく》に立《た》ちそうなものをさがした。

なにかの缶《かん》らしきものが、目《め》に入《はい》った。拾《ひろ》ってみると、フルーツジュースだ。ふたの部分《ぶぶん》をきれいにふいてから、半分《はんぶん》ほどごくごくといっきに飲《の》んだ。残《のこ》りを片手《かたて》に注《そそ》いで、ニャアになめさせてやった。

まだのどはかわいていたが、少《すこ》し元気《げんき》が出《で》た。

ベンは、ニャアをかかえ上《あ》げた。自分《じぶん》の顔《かお》のところまでもち上《あ》げ、くもった青《あお》い目《め》をのぞきこむ。

「ニャア、おまえはどうやって、生《い》きのびたんだ？」

あのマットレスを自分《じぶん》で見《み》つけて、乗《の》っていたのだろうか。

（ハリーは、正《ただ》しかったのかもしれない。ニャアはジェダイの騎士《きし》に負《ま》けないほど、強《つよ》いねこだ）

ベンは、ニャアに話《はな》しかけた。

「ふたりでみんなを見《み》つけに行《い》こう！」

「イーッ、イーッ」ニャアがこたえる。

〝行《い》く、行《い》く！〟という意味《いみ》だと、ベンは思《おも》った。ベンは、ていねいにニャアを地面《じめん》に下《お》ろした。海側《うみがわ》から目《め》をそむけて、山《やま》のほうをむく。

ニャアも、おなじ方向《ほうこう》を見《み》る。

そして、ふたりは歩《ある》きだした。

11

二〇一一年《ねん》三月《がつ》十二日《にち》
早朝《そうちょう》
菖《しょう》ヶ《が》浜《はま》小《しょう》学《がっ》校《こう》

体育館《たいいくかん》の床《ゆか》の上《うえ》で、ベンは毛布《もうふ》にくるまって横《よこ》になっていた。ニヤアは、おなかの上《うえ》でねむっている。ふたりとも、ぶるぶるふるえていた。

電気《でんき》がとまっているので、いくつかの懐中電灯《かいちゅうでんとう》の明《あ》かりをのぞけば、ほぼまっくらだ。それでも、まわりにいる人《ひと》たちのすがたは、ぼんやり見《み》えた。

少《すく》なくとも五十人《にん》の住民《じゅうみん》たちが、ござや毛布《もうふ》をしいて、ねている。おじさんよりも年上《としうえ》の、ずいぶん年配《ねんぱい》の人《ひと》たちや、わかい人《ひと》たち、赤《あか》んぼうをだいた母親《ははおや》たち、子《こ》どもたち。みんな小声《こごえ》でなにかささやいたり、つぶやいたりしている。よわよわしい声《こえ》で、泣《な》いている人《ひと》たちもいる。

ベンとニャアは、廃墟《はいきょ》と化《か》した村《むら》の中《なか》をえんえんと歩《ある》きつづけて、夜《よる》おそく、ついにここにたどり着《つ》いたのだった——山《やま》の上《うえ》にあるこの小学校《しょうがっこう》に。

ふたりは、なん時間《じかん》も歩《ある》いた。歩《ある》きながら目《め》にしたおそろしい光景《こうけい》は、一生《いっしょう》わすれられないだろうとベンは思《おも》った。

がれきの山《やま》の下《した》から、つき出《だ》していたうで。すでにこと切《き》れているらしい女性《じょせい》を背負《せお》った、年老《としお》いた男性《だんせい》。倒壊《とうかい》した家屋《かおく》の前《まえ》でじっとすわったままのわかい男性《だんせい》のそばを通《とお》りかかったこともあった。助《たす》けが必要《ひつよう》かと思《おも》い、ベンはその男性《だんせい》のそばまで行《い》ってみた。だが、その人《ひと》はまっすぐに前《まえ》を見《み》ているばかりで、まるで彫像《ちょうぞう》のように、まばたきひとつしない。ベンはそばにひざまずいてまってみたが、相手《あいて》はまったく口《くち》をひらこうとせず、ベンのほうを見《み》ようともしなかった。

そのあともベンは歩《ある》きつづけて、ようやく津波《つなみ》による破壊《はかい》のあとをぬけて、水《みず》のあとのない土地《とち》に入《はい》った。山《やま》の上《うえ》に校舎《こうしゃ》が見《み》えたときはほっとしたものの、そこに到着《とうちゃく》するまでが、いちばんつらかった。

寒《さむ》さで、手足《てあし》はすっかりかじかんでいた。足《あし》はまるで氷《こおり》のかたまりのようだった。去年《きょねん》、保健《ほけん》の授業《じゅぎょう》で、体《からだ》があまりにひえるとどうなる

か、教《おそ》わっていた。筋肉《きんにく》がうまく動《うご》かなくなり、頭《あたま》が完全《かんぜん》にこんがらがってしまう。心拍数《しんぱくすう》が下《さ》がって、血液《けつえき》の流《なが》れが悪《わる》くなる。まさにベンは、そんな状態《じょうたい》だった。

学校《がっこう》の玄関《げんかん》にたどり着《つ》いたベンは、それ以上《いじょう》、一歩《ぽ》も歩《ある》けなかった。ふらふらになって、ふるえているねこといっしょに、こおりついた亡《ぼう》霊《れい》みたいに、立《た》ちすくんだ。

そして、そのまま床《ゆか》にたおれこんでしまった。

そこから、ベンの記憶《きおく》はあいまいだ。

力強《ちからづよ》いうでにだき上《あ》げられ、そっとささやきかけられた。あたたかい毛布《もうふ》で、しっかりとくるまれた。やさしい手《て》が、顔《かお》からどろをふき取《と》ってくれた。水《みず》の入《はい》ったコップが口《くち》もとにはこばれると、意識《いしき》がもうろうとしたまま、飲《の》んだ。

そしてつぎに意識《いしき》を取《と》りもどしたとき、ベンは体育館《たいいくかん》の床《ゆか》にねかされていた。どろだらけの服《ふく》ではなく、古《ふる》いが清潔《せいけつ》なトレーナーと、スエットパンツを身《み》につけている。手《て》にはばんそうこうが一まい、はられていた。足《あし》はそれこそきずだらけで、たくさんのばんそうこうがはってあった。

ニャアも、きれいにしてもらったらしい。毛皮《けがわ》についていた油《あぶら》が、ふき取《と》られている。

(だれかが、ぼくの世話《せわ》をしてくれたみたいだ。でも、いったいだれが?)

暖房《だんぼう》が入《はい》っていないので、体育館《たいいくかん》の中《なか》は、寒《さむ》くてたまらない。毛布《もうふ》の下《した》で、ベンはがたがたふるえた。おなかの上《うえ》で丸《まる》くなっているニャアのかすかなぬくもりが、ありがたかった。

水《みず》を飲《の》んでからずいぶんたっているので、のどがかわいてたまらない。津波《つなみ》のにがい金属《きんぞく》っぽい味《あじ》が、舌《した》にこびりついている。ベンは、せきをして、ごまかした。

ベンのとなりには、小《ちい》さな女《おんな》の子《こ》と母親《ははおや》が横《よこ》になっている。母親《ははおや》のほうはねむっているが、女《おんな》の子《こ》は目《め》をさましていて、なにやら考《かんが》えこむようなまなざしでじっとベンを見《み》つめている。弟《おとうと》のハリーと同《おな》い年《どし》くらいだろうか。ハローキティのぬいぐるみをだいている。女《おんな》の子《こ》が、起《お》き上《あ》がった。水《みず》のペットボトルを手《て》に取《と》ると、ベンのほうにすべらせる。

ベンはどうにかほほえんでみせたが、首《くび》をふった。

こんな小《ちい》さな女《おんな》の子《こ》から、水《みず》をもらえるわけがない。

(だって、自分《じぶん》のぶんなんだろう?)

すると、女《おんな》の子《こ》は母親《ははおや》にむかって、高《たか》い声《こえ》でささやきかけた。母親《ははおや》が起《お》きた。うすくらがりの中《なか》でも、その顔《かお》にうかんだ悲《かな》しみや不安《ふあん》の色《いろ》が見《み》てとれる。

(お父《とう》さんと、はなればなれになっちゃったんだろうか)

ベンが考《かんが》えていると、母親《ははおや》が、やさしくわらいかけてくれた。片言《かたこと》の英語《えいご》で、話《はな》しはじめる。

「プリーズ。テイク。ユー・ニード」

母親《ははおや》が水《みず》のペットボトルをおして、ベンのほうによこした。

「プリーズ」もう一ど言《い》う。

ベンは、やはりことわるべきだという気《き》がした。でも、のどのかわきは、たえられないものになっていた。

「ありがとう」ベンは言《い》った。「ありがとう」

知《し》っている数少《かずすく》ない日本語《にほんご》で、礼《れい》を言《い》って、受《う》け取《と》る。半分《はんぶん》ほど飲《の》んでから、ニャアにも少《すこ》し分《わ》けてやった。残《のこ》りはあとに取《と》っておくことにする。

それから目《め》をつむって、またうとうとした。いつしか、夢《ゆめ》を見《み》ていた。

パパの夢《ゆめ》だ。パパとベンは二人《ふたり》で菖《しょう》ケ浜《がはま》にいて、いっしょに松林《まつばやし》を散歩《さんぽ》したり、海岸《かいがん》を走《はし》ったりした。夢《ゆめ》の中《なか》で、どこかから、男《おとこ》の人《ひと》の声《こえ》がベンをよんでいる。

「ベン……ベン！」

パパの声《こえ》でも、おじさんの声《こえ》でもない。

（だれだろう、この人《ひと》は？）

ベンは、ぱっちりと目《め》をあけた。

男《おとこ》の人《ひと》が、そばにひざまずいている。

「やあ、ベン。ぶじでよかった」

佐藤先生《さとうせんせい》だった。

12

先生《せんせい》との再会《さいかい》

二人《ふたり》は、からっぽの教室《きょうしつ》に入《はい》った。佐藤先生《さとうせんせい》が、リンゴをベンにさしだした。おなかが、ぐうと鳴《な》る。ベンはうなずいて受《う》け取《と》ると、かぶりついた。

津波《つなみ》におそわれ、どうなったのか、ベンは佐藤先生《さとうせんせい》に話《はな》した。どんなふうにママやハリー、おじさんが津波《つなみ》に流《なが》され、はなればなれになってしまったのか。

「みんなもう、帰《かえ》ってこないんだ」ベンはつぶやいた。

「いいや、そんなことはないよ」

そう言《い》うと、先生《せんせい》は手《て》をのばして、ベンの手《て》をにぎった。

「村《むら》の人《ひと》たちは、みんなあちこちに散《ち》らばってしまったけれど、きっときみのママやハリー、おじさんは、どこかで生《い》きている。もうしばらくのしんぼうだよ。ここにいれば安全《あんぜん》だ。だから、ここでみんなをまてばいい」

佐藤先生《さとうせんせい》の目《め》を見《み》て、ベンはふいに、パパのまなざしを思《おも》い出《だ》した。

バスケットボールの試合《しあい》のとき、ちらっとスタンドのほうを見《み》ると、パパはいつもこんな目《め》をしていた。チームが勝《か》っていようが、負《ま》けていようが、ベンが絶好調《ぜっこうちょう》だろうが、ぶざまなすがたをさらしていようが、そんなことは、関係《かんけい》ない。パパはいつも、ベンが勝《か》つことをしんじていたのだ。そのまなざしがゆらぐことはなかった。

先生《せんせい》もベンに話《はな》してくれた――家《いえ》に帰《かえ》ったちょうどそのとき、地震《じしん》が起《お》こったのだと。自宅《じたく》は山《やま》の上《うえ》の、学校《がっこう》よりもさらに高《たか》い場所《ばしょ》にあった。先生《せんせい》は玄関《げんかん》の前《まえ》で立《た》ちつくして、津波《つなみ》が村《むら》をおそうのを、ただぼうぜんとながめるしかなかった。

「菖ヶ浜《しょうがはま》が津波《つなみ》にのまれてしまうのを、なすすべもなく見《み》ていたよ」

そう話《はな》す先生《せんせい》の表情《ひょうじょう》は、くらかった。

診療所《しんりょうじょ》も、流《なが》されてしまったという。だから、この学校《がっこう》にやってきたそうだ。

「助《たす》けが必要《ひつよう》な人《ひと》たちがいるだろうからね」先生《せんせい》が言《い》う。

学校《がっこう》の玄関《げんかん》でたおれたベンをだき起《お》こしてくれたのは、佐藤先生《さとうせんせい》だった。学校《がっこう》の先生《せんせい》二人《ふたり》に手《て》つだってもらって、ベンの切《き》りきずやあざの手当《てあ》てをしたらしい。それから着《き》がえを見《み》つけ、体育館《たいいくかん》にはこんで、ねかせてくれたという。

「きみを一人《ひとり》で残《のこ》したくなかったんだが……。わたしたちは、手分《てわ》けして出《で》かけて、生存者《せいぞんしゃ》がいないかどうかさがしていたんだよ」

一《いっ》しゅん、佐藤先生《さとうせんせい》が目《め》をそらしたので、生存者《せいぞんしゃ》は一人《ひとり》も見《み》つからなかったのだとわかった。

ベンがうつむいたとき、女《おんな》の人《ひと》が二人《ふたり》入《はい》ってきて、佐藤先生《さとうせんせい》に話《はな》しかけた。

二人《ふたり》とも、この学校《がっこう》の先生《せんせい》らしい。

先生《せんせい》たちと佐藤先生《さとうせんせい》が日本語《にほんご》で話《はな》している中《なか》で、ベンは自分《じぶん》の名前《なまえ》がよばれたような気《き》がした。話《はな》し終《お》えると、先生《せんせい》たちはベンにほほえんでから、出《で》ていった。

佐藤先生《さとうせんせい》が、ふたたび英語《えいご》で話《はな》しだした。

「わたしたちには、やるべきことがたくさんある。助《たす》けが来《く》るまで、まだなん日《にち》もまたないといけないだろう。村《むら》は、完全《かんぜん》に孤立《こりつ》してしまっている。なんとかして、自分《じぶん》たちで食料《しょくりょう》や水《みず》を確保《かくほ》しなければならないだろうね。それに、ここには、まだ両親《りょうしん》と会《あ》えていない子《こ》どもたちが、十名《めい》いるんだよ。その子《こ》たちのめんどうも、わたしたちでみてやらなくてはね」

ベンはうなずいてから、先生《せんせい》の言《い》う〝わたしたち〟や〝自分《じぶん》たち〟

の中《なか》に、自分《じぶん》もふくまれていることに気《き》づいた。

佐藤先生《さとうせんせい》によると、さっきの二人《ふたり》の先生《せんせい》は、夜《よ》どおし学校《がっこう》にいたそうだ。

「二人《ふたり》とも、家族《かぞく》のようすを見《み》に、家《いえ》に帰《かえ》らないといけないんだ」

ベンは、またうなずいた。すると、佐藤先生《さとうせんせい》は、思《おも》いもかけないことを、言《い》いだした。

「そこで、先生《せんせい》たちが留守《るす》のあいだ、きみが子《こ》どもたちのめんどうをみてくれると伝《つた》えておいたからね」

ベンは、まじまじと先生《せんせい》を見《み》つめた。

(ぼくが、子《こ》どもたちの世話《せわ》をするって言《い》うの?)

今《いま》こんな状態《じょうたい》で、ほかの子《こ》の世話《せわ》なんかできるわけない、とベンは思《おも》った。

（ママやハリー、おじさんのことが心配《しんぱい》でたまらなくて、なにをする気《き》にもなれないのに）

しかし、ベンが答《こた》えにまよっているうちに、さっきの先生《せんせい》のうちの一人《ひとり》がもどってきた。三人《にん》の男《おとこ》の子《こ》をつれている。五歳《さい》か六歳《さい》くらいだろうか。

先生《せんせい》が、子《こ》どもたちをベンに紹介《しょうかい》してくれた。

「右《みぎ》から、カズ、秀樹《ひでき》、明《あきら》っていうのよ」

三人《にん》ともはずかしいのか、おどおどしている。そのとき、ニャアが前《まえ》に出《で》て、鳴《な》きはじめた。

「イーッ、イーッ」

すると、子《こ》どもたちがくすくすわらった。

佐藤先生《さとうせんせい》が日本語《にほんご》で、男《おとこ》の子《こ》たちになにか言《い》った。それから、ベンのほうを見《み》る。

「きみが先生代《せんせいが》わりだと、この子《こ》たちにも伝《つた》えたからね。きみの言《い》うことを、聞《き》くようにと」

佐藤先生《さとうせんせい》は、ベンの背中《せなか》をぽんとたたいた。

「これから、なん人《にん》かで、食《た》べ物《もの》とか、必要《ひつよう》なものをさがしに行《い》ってくるよ。午後《ごご》にはもどるから」

そう言《い》うと、佐藤先生《さとうせんせい》も学校《がっこう》の先生《せんせい》も、行《い》ってしまった。

男《おとこ》の子《こ》たちは、期待《きたい》にみちた目《め》でベンを見《み》つめている。ベンは、なにか言《い》おうと口《くち》をひらいたが、みんな英語《えいご》がしゃべれないことを思《おも》い出《だ》した。

（どうやって、この子《こ》たちのめんどうを見《み》ればいいんだ？　ことばは通《つう》じないし、テレビもビデオゲームもないのに）

とほうにくれたベンは、まどの外《そと》を見《み》た。青空《あおぞら》と、広《ひろ》い運動場《うんどうじょう》が見《み》えた。すべり台《だい》の向《む》こうに、バスケットボールのゴールがある。

（そういえば、体育館《たいいくかん》のすみに、バスケットボールの入《はい》ったかごがあった！）

ベンは走《はし》ってボールを取《と》ってくると、三人《にん》を外《そと》につれだした。寒《さむ》くて、みんなぶるぶるふるえている。

それでも、しばらくすると、全員《ぜんいん》が走《はし》りまわっていた。ベンのこわばっていた筋肉《きんにく》も、じきにほぐれてきた。

太陽《たいよう》がいっそう明《あか》るくかがやきだして、だれもが上着《うわぎ》をぬいだ。子《こ》どもたちは、けんめいにボールを追《お》いかけている。そのうち、運動場《うんどうじょう》にはボールのはずむ音《おと》と、子《こ》どもたちのわらい声《ごえ》がひびきはじめた。

昼食後《ちゅうしょくご》、子《こ》どもたちはバスケットをひと休《やす》みして、ジャングルジムに登《のぼ》った。そのあいだ、ベンは一人《ひとり》でシュートの練習《れんしゅう》をすることにした。フリースローと、スリーポイントをやってみる。すごく気持《きも》ちがよくて、自分《じぶん》でもびっくりしてしまった。

(ぼく、ほんとうはずっと、バスケットがやりたかったんだ)

いつのまにか、男《おとこ》の子《こ》たちがジャングルジムに登《のぼ》るのをやめて、ベンのようすをじっと見守《みまも》っている。

バンッ。

バンッ。

バンッ。

バウンドさせてから、ベンは、ボールを投《な》げた。

ボールが弧《こ》をえがいて飛《と》んだとき、だれかがよぶ声《こえ》が聞《き》こえてきた。

「兄《にい》ちゃん！」

「ベン！」

ふりむいてみると、ハリーが両《りょう》うでを大《おお》きくふりながら、全速力《ぜんそくりょく》でかけてくる。笑顔《えがお》をうかべながらも、なみだがほおをつたっている。

弟《おとうと》のうしろには、おじさんとママのすがたもあった。

シュッ。

ボールがネットに引《ひ》っかかる音《おと》がした。みごとなシュートだった。

13

二〇一一年《ねん》、三月《がつ》二十五日《にち》
成田《なりた》国際《こくさい》空港《くうこう》

飛行機《ひこうき》の中《なか》で、ベンはママとハリーのあいだの座席《ざせき》にすわっていた。まもなく離陸《りりく》するという、アナウンスが始《はじ》まった。

津波《つなみ》におそわれてから、二週間《しゅうかん》がたっていた。ベンたち家族《かぞく》は、ようやく帰国《きこく》することになった。

客室乗務員《きゃくしつじょうむいん》がやってきて、ママに携帯電話《けいたいでんわ》の電源《でんげん》を切《き》るように伝《つた》えた。これで、三回《かい》めだ。ママの電話《でんわ》の相手《あいて》は、佐藤先生《さとうせんせい》だった。この二週間《しゅうかん》、菖《しょう》ヶ《が》浜《はま》に物資《ぶっし》をとどけてもらおうと、二人《ふたり》は休《やす》むことなく、はたらいていた。ママの空軍《くうぐん》の友人《ゆうじん》たちが、支援《しえん》の手《て》をさしのべてくれたのは、ほんとうにありがたかったという。

ようやく、ママは佐藤先生《さとうせんせい》にさよならを言《い》って、電話《でんわ》を切《き》った。ベンにほほえみかけてから、ママは座席《ざせき》にもたれて、目《め》をつぶった。すぐに、ねむってしまったようだ。

ここのところ、三人《にん》ともあまりよくねむれていないから……と、ベンは思《おも》った。

ハリーは、ニャアの入《はい》っているケージをひざにのせている。年老《としお》いたねこの頭《あたま》をさいごにちょっとかいてやってから、しかたなくケージを座席《ざせき》の下《した》においた。

おじさんは、ニャアをいっしょにつれて帰《かえ》ってほしいと、ベンたちにたのんだ。めんどうをみてやってほしいと。もちろん、ベンとハリーはよろこんで引《ひ》き受《う》けた。

ベンは、ハリーのうでのきずに目《め》をやって、言《い》った。

「ダース・ベイダーのきずよりも、かっこいいぞ」

「うん、ずっとね」

ハリーが、にっこりわらって、こたえる。

ハリーが、きずひとつなくあの大災害《だいさいがい》を生《い》きのびることができたなんて、ほんとうに奇跡《きせき》だと、ベンは思《おも》う。

ママとハリー、おじさんの三人《にん》は、車《くるま》からころがり落《お》ちてからも、はなればなれにならずにすんだ。水《みず》に流《なが》されるうちに、菖ヶ浜《しょうがはま》で唯一《ゆいいつ》のマンションのガレージに入《はい》りこんでいた。そこで階段《かいだん》をかけのぼって、三人《にん》は、津波《つなみ》からあやうくのがれた。屋上《おくじょう》で、ほかの十数名《すうめい》の人《ひと》たちといっしょに津波《つなみ》が引《ひ》くのをまっていたという。

だれもがそうだったが、ハリーもやはり、おそろしい光景《こうけい》を目《ま》のあたりにした。あれから毎晩《まいばん》、弟《おとうと》はうなされている。大《おお》きな物音《ものおと》がするたびに、びくっとしてしまう。

ベンも、そうだ。ニャアとさまよった夜《よる》のことを、なんども、夢《ゆめ》に見《み》る。

でも、そんなことは、なんでもないと思《おも》う――まわりの人《ひと》たちの悲《かな》しみや、苦《くる》しみにくらべたら。家族《かぞく》みんながぶじで、こうしていっしょにいられるだけで、なんてしあわせなんだろうと思《おも》える。

今回《こんかい》の地震《じしん》は、観測史上《かんそくしじょう》日本《にほん》で最大《さいだい》の、そして世界《せかい》でも四番《ばん》めの規《き》模《ぼ》だったそうだ。日本沿岸《にほんえんがん》のなん百《びゃく》キロメートルにもわたって、いたるところで町《まち》や村《むら》が津波《つなみ》によって破壊《はかい》された。おびただしい数《かず》の人《ひと》たちが亡《な》くなり、今《いま》も、なん千人《ぜんにん》もの人《ひと》たちが行方不明《ゆくえふめい》のままだ。

避難所《ひなんじょ》の学校《がっこう》では、うれしい再会《さいかい》とおなじくらい、いや、もっとたくさん、悲《かな》しいできごとがあった。明《あきら》の両親《りょうしん》がまずやってきて、それから秀樹《ひでき》の両親《りょうしん》も到着《とうちゃく》した。でも、たくさんの人《ひと》たちが親《おや》や子《こ》と再会《さいかい》できなかった。カズも、ずっとまっていたが、ついに両親《りょうしん》はあらわれず、東京《とうきょう》からおばさんがむかえに来《き》た。

これ以上《いじょう》悲惨《ひさん》なニュースはもうないだろうと思《おも》われていたが、さらなる惨事《さんじ》が同時《どうじ》に起《お》こっていたことを、ベンは知《し》った。菖ヶ浜《しょうがはま》の沿岸《えんがん》からおよそ六〇キロメートルはなれた、福島第一原子力発電所《ふくしまだいいちげんしりょくはつでんしょ》が、地震《じしん》と津波《つなみ》によって、大《おお》きな被害《ひがい》を受《う》けたのだ。そして、発電所《はつでんしょ》から、放射性物質《ほうしゃせいぶっしつ》がもれだした。

佐藤先生《さとうせんせい》が、教《おし》えてくれた――放射性物質《ほうしゃせいぶっしつ》が発《はっ》する放射線《ほうしゃせん》は、ほんのわずかでも、人体《じんたい》に悪《わる》い影響《えいきょう》をおよぼす。とくに、子《こ》どもたちへの影響《えいきょう》が大《おお》きい、と。発電所《はつでんしょ》の近《ちか》くの住民《じゅうみん》たちは、自宅《じたく》をはなれて避難《ひなん》することになった。しばらくのあいだ、放射性物質《ほうしゃせいぶっしつ》をふくんだ雲《くも》が風《かぜ》にのって菖《しょう》ヶ浜《がはま》にも――あるいはさらに遠《とお》くまで――流《なが》れてくるのではないか、とみんなが心配《しんぱい》していた。

でも、この数日間《すうじつかん》、少《すこ》しだけ、明《あか》るいニュースがとどいていた。菖《しょう》ヶ浜《がはま》へとつながる道路《どうろ》をふさいでいたがれきが、ようやく取《と》りのぞかれ、食料《しょくりょう》や飲料水《いんりょうすい》が村《むら》にはこばれてくるようになったのだ。ベンたちを空港《くうこう》へはこぶ列車《れっしゃ》も、復旧《ふっきゅう》した。

今《いま》、ベンにとっていちばん気《き》がかりなのは、おじさんのことだ。おじさんは、家《いえ》をなくしてしまった。友《とも》だちも、たくさん亡《な》くなった。

ベンたちは、いっしょにカリフォルニアに来《き》てほしいとおじさんにたのんだ。

「せめて数《すう》か月《げつ》だけでも」と、ママは言《い》った。

ところが、おじさんはうんと言《い》わなかった。はじめはなぜかよくわからなかったベンだったが、だんだんその理由《りゆう》がわかってきた。

二日前《ふつかまえ》、ベンはようやく、おじさんといっしょに散歩《さんぽ》に出《で》かけた。あの学校《がっこう》の上《うえ》の高台《たかだい》まで、上《のぼ》った。そこから、二人《ふたり》で村《むら》を見《み》わたした。どろやがれきにおおわれた村《むら》を前《まえ》に、おじさんの目《め》には、なみだがうかんでいた。

（あんなに美《うつく》しかった村《むら》が、こんなになってしまうなんて……）

ベンは、絶望的《ぜつぼうてき》な気持《きも》ちになった。もとにもどることなんて、不可《ふか》能《のう》だと思《おも》った。

でも、おじさんは、決意《けつい》をにじませた声《こえ》で、宣言《せんげん》した。

「みんなで、きれいに片《かた》づけるぞ。新《あたら》しい家《いえ》を建《た》てるんだ」

おじさんは、ベンのほうをむいた。

「菖ケ浜《しょうがはま》を、かならず立《た》てなおしてみせる。見《み》てろよ、ベン！」

ベンはもう、おじさんをカリフォルニアにつれていくことは、あきらめた。

でも、今年《ことし》の夏《なつ》には遊《あそ》びに行《い》くと、おじさんは約束《やくそく》してくれた。佐《さ》藤先生《とうせんせい》とも、約束《やくそく》した。カリフォルニアでの医学会議《いがくかいぎ》に出席《しゅっせき》するので、ベンたちに会《あ》いに来《き》てくれるという。

飛行機《ひこうき》が搭乗《とうじょう》ゲートからはなれ、滑走路《かっそうろ》へと地上走行《ちじょうそうこう》していく。べンは、パパといっしょに飛行機《ひこうき》に乗《の》るのが大《だい》すきだった。パパはいつでも飛行機《ひこうき》のことをくわしく説明《せつめい》してくれた。エンジン音《おん》のちがいまで、こまかく教《おし》えてくれた。思《おも》い出《だ》すうちに、パパの声《こえ》が聞《き》こえるような気《き》がしてきた。

（まるで、パパといっしょにいるみたいだ）

そう思《おも》ったベンは、はっとした。

地震《じしん》におそわれたとき、パニックにおちいりかけたベンが冷静《れいせい》に行動《こうどう》できたのも、車《くるま》の中《なか》であやうくおぼれ死《し》ぬところだったのに、脱出《だっしゅつ》方法《ほうほう》を思《おも》いついたのも、すべてパパのおかげだった。

がれきの中《なか》でひとりぼっちだったとき、パパの声《こえ》が頭《あたま》の中《なか》に聞《き》こえてきて、生《い》きのびるヒントをくれた。

（パパはぼくの心《こころ》の中《なか》に、胸《むね》のおくに、今《いま》も生《い》きている。これからもずっと）

おじさんの家《いえ》の桜《さくら》の木《き》は、ほんとうにまほうの木《き》だったのかもしれない。ベンの心《こころ》の中《なか》に、パパをよみがえらせてくれたのだから。

飛行機《ひこうき》がぐんぐんスピードをあげていく。

ハリーが、ベンの手《て》をにぎった。ママが、もう片方《かたほう》の手《て》をにぎる。

ベンも、二人《ふたり》の手《て》をしっかりとにぎりかえした。

飛行機《ひこうき》の機体《きたい》が、ふわりともち上《あ》がる。

（パパ、ぼくはもっと強《つよ》くなってみせるよ。パパみたいに）

〈おわり〉

あとがき

三つの災害《さいがい》

外国人《がいこくじん》にとって、日本語《にほんご》は、とてもむずかしい言語《げんご》です。英語《えいご》に訳《やく》しづらい言葉《ことば》や表現《ひょうげん》が、たくさんあります。そのうちのひとつが、〝ガマン〟という言葉《ことば》です。これは、つらいことが起《お》こっても、心《こころ》を強《つよ》くもって、くるしさにたえることを意味《いみ》します。

日本《にほん》の人《ひと》たちはこの〝ガマン〟の精神《せいしん》をほこりに思《おも》っていて、それを実践《じっせん》することで、いくつもの災害《さいがい》や惨事《さんじ》——一九二三年《ねん》に巨大地震《きょだいじしん》と火災《かさい》が東京《とうきょう》を破壊《はかい》した関東大震災《かんとうだいしんさい》から、一九四〇年代《ねんだい》に国《くに》じゅうを荒廃《こうはい》させた第二次世界大戦《だいにじせかいたいせん》にいたるまで――を乗《の》りこえ、復興《ふっこう》をとげてきました。そして、二〇一一年《ねん》三月《がつ》の東日本大震災《ひがしにほんだいしんさい》からも、なん百《びゃく》万人《まんにん》もの日本人《にほんじん》が、そうした忍耐《にんたい》と意志《いし》の力《ちから》でもって、立《た》ち直《なお》ろうとしています。

三月《がつ》十一日《にち》に始《はじ》まった一連《れん》の災害《さいがい》は、東日本大震災《ひがしにほんだいしんさい》と名《な》づけられました。この巨大災害《きょだいさいがい》は、じつは三つのおそろしいできごとが重《かさ》なったものです。それぞれが、大《おお》きな被害《ひがい》をもたらす災害《さいがい》でした。

まずおそってきたのは、はげしいゆれでした。午後《ごご》二時《じ》四十六分《ぷん》、東北地方《とうほくちほう》とよばれる日本《にほん》の北東部沿岸《ほくとうぶえんがん》の一三〇キロメートル沖《おき》、太平洋《たいへいよう》の海底《かいてい》で、巨大地震《きょだいじしん》が発生《はっせい》しました。ゆれの大《おお》きさもさることながら、ゆれた時間《じかん》はおどろくべき長《なが》さでした。一九〇六年《ねん》のサンフランシスコ地震《じしん》では、三十秒《びょう》にわたってゆれが感《かん》じられた地域《ちいき》もあったそうです。でも、この東北《とうほく》の地震《じしん》では、地域《ちいき》によっては五分《ふん》ものあいだ、ゆれつづけました。

五分間《ふんかん》も！

どれくらい長《なが》いか、わたしは自分《じぶん》で体験《たいけん》してみようと思《おも》い立《た》ちました。タイマーをセットして、五分間《ふんかん》、じっといすにすわっていました。そうしてすわっているあいだに、家全体《いえぜんたい》がぐらぐらゆれて、あたりにすさまじいごう音《おん》がとどろいているようすを、想像《そうぞう》しました。自分《じぶん》が恐怖《きょうふ》におびえているすがたが、たしかに見《み》えました。

ゆれがようやくおさまったときには、心《こころ》の底《そこ》からほっとしたでしょう。ところが、最悪《さいあく》の事態《じたい》が起《お》こるのは、それからでした——地震《じしん》ののち、巨大《きょだい》な津波《つなみ》がおしよせてきたのです。

日本《にほん》の沿岸地域《えんがんちいき》に住《す》む人々《ひとびと》は、津波《つなみ》——連続《れんぞく》しておそってくる、大《だい》規模《きぼ》で破壊的《はかいてき》な高波《たかなみ》——が、地震《じしん》につづいてよく発生《はっせい》することを、知《し》っていました。

日本《にほん》の沿岸部《えんがんぶ》の小高《こだか》い丘《おか》を歩《ある》いていると、〝津波標識《つなみひょうしき》〟というものが、立《た》っていることがあります。これは、過去《かこ》に津波《つなみ》が到達《とうたつ》した地点《ちてん》を示《しめ》している石碑《せきひ》です。津波《つなみ》から生《い》きのびた住民《じゅうみん》たちが建立《こんりゅう》したもので、後世《こうせい》の人々《ひとびと》に対《たい》して、こうしたおそろしい津波《つなみ》の被害《ひがい》を受《う》けやすい地域《ちいき》では、海《うみ》のすぐそばでくらすのは危険《きけん》だと、警告《けいこく》しようとしました。石碑《せきひ》には〝ここより下《した》に家《いえ》を建《た》てるな〟〝津波《つなみ》はここまで到達《とうたつ》した〟などと、きざまれています。なかには、五百年以上《ひゃくねんいじょう》も前《まえ》のものもあるといいます。

ところが、こうした古《ふる》くからの教《おし》えを忠実《ちゅうじつ》に守《まも》った地域《ちいき》は、ほとんどなかったのです。アメリカでもそうですが、日本《にほん》の海岸《かいがん》ぞいにある町《まち》ではどこも住宅《じゅうたく》や店舗《てんぽ》、工場《こうじょう》などが数多《かずおお》く建《た》ちならんでいます。アメリカ人同様《じんどうよう》に、多《おお》くの日本人《にほんじん》は、現代《げんだい》の科学技術《かがくぎじゅつ》が、自然《しぜん》の猛威《もうい》から守《まも》ってくれるとしんじていました。

たしかに、日本《にほん》では世界最先端《せかいさいせんたん》の津波警報《つなみけいほう》システムが整備《せいび》され、多《おお》くの海岸地域《かいがんちいき》では、津波《つなみ》にそなえて巨大《きょだい》な堤防《ていぼう》がきずかれています。三月十一日《がつにち》の大地震《だいじしん》では、地震《じしん》が発生《はっせい》してから数分以内《すうふんいない》に海岸地帯《かいがんちたい》の全域《ぜんいき》に警報《けいほう》が発令《はつれい》され、サイレンが鳴《な》りひびきました。携帯電話《けいたいでんわ》も、津波警報《つなみけいほう》を受信《じゅしん》しました。テレビ局《きょく》は、住民《じゅうみん》たちに高台《たかだい》へ避難《ひなん》するように警告《けいこく》しました。

ところが、こうした堤防《ていぼう》や警報《けいほう》も、自然《しぜん》の猛威《もうい》にはほとんど歯《は》が立《た》たなかったのです。津波《つなみ》の高《たか》さが、三〇メートルをこえた地域《ちいき》もありました。堤防《ていぼう》は、砂《すな》の城《しろ》のように、もろくもくずれてしまいました。船《ふね》はおし流《なが》され、建物《たてもの》の屋根《やね》に乗《の》り上《あ》げてしまいました。

住民《じゅうみん》たちの多《おお》くが、高台《たかだい》へと避難《ひなん》しようとしました——でも、にげおくれて、津波《つなみ》にのまれてしまった人々《ひとびと》もいます。破壊《はかい》された町《まち》の中《なか》には、海岸《かいがん》から八キロメートルもはなれていたところもあり、まさかそこまで津波《つなみ》が来《く》るとは、だれも予想《よそう》していなかったのです。

二〇一一年《ねん》三月《がつ》十一日《にち》の大地震《だいじしん》によって、一万《まん》五千人《せんにん》をこえる人々《ひとびと》が亡《な》くなりました。さらになん千人《ぜんにん》もの人々《ひとびと》が負傷《ふしょう》し、いまだに数千《すうせん》人《にん》が行方不明《ゆくえふめい》となっています。十万戸以上《じゅうまんこいじょう》もの家屋《かおく》が、倒壊《とうかい》したり、津波《つなみ》に流《なが》されたりしました。町全体《まちぜんたい》が壊滅状態《かいめつじょうたい》になったところもあります。

でも、被害《ひがい》はそれだけにとどまりませんでした。「福島第一《ふくしまだい》」とよばれる原子力発電所《げんしりょくはつでんしょ》において、おそろしい事故《じこ》が発生《はっせい》したのです。地震《じしん》と津波《つなみ》の影響《えいきょう》でした。原子炉《げんしろ》が爆発《ばくはつ》し、有害《ゆうがい》なガスや蒸気《じょうき》が大気中《たいきちゅう》にもれだしました。これらの気体《きたい》には、放射性《ほうしゃせい》の――人間《にんげん》や動物《どうぶつ》にとってきわめて危険《きけん》な――物質《ぶっしつ》がふくまれていました。物質《ぶっしつ》が出《だ》す放射《ほうしゃ》線《せん》は、人体《じんたい》に大《おお》きな悪影響《あくえいきょう》をおよぼします。

おそろしい地震《じしん》や津波《つなみ》から、からくも生《い》きのびた二十万人《まんにん》もの住民《じゅうみん》たちは、こうした放射性物質《ほうしゃせいぶっしつ》からも、にげなければならなくなりました。原子力発電所《げんしりょくはつでんしょ》からなんキロメートルにもわたって、こうした物質《ぶっしつ》は広《ひろ》がっていくからです。放射性物質《ほうしゃせいぶっしつ》を少《すこ》しでもすいこめば、体内《たいない》にとどまって放射線《ほうしゃせん》を出《だ》しつづけます。放射性物質《ほうしゃせいぶっしつ》による汚染《おせん》がひどく、住民全員《じゅうみんぜんいん》が避難《ひなん》することになった町《まち》もあります。今《いま》、ゴーストタウンとなった町《まち》の通《とお》りには、空《から》っぽの家《いえ》や店《みせ》、学校《がっこう》がならんでいます。汚《お》染《せん》された町《まち》に人々《ひとびと》がふたたび安心《あんしん》して住《す》めるようになるには、この先《さき》も長《なが》い歳月《さいげつ》がかかるでしょう。

この東北地方《とうほくちほう》をおそった災害《さいがい》は、とてつもなく規模《きぼ》が大《おお》きく、被害《ひがい》にあわれた方々《かたがた》の気持《きも》ちはいったいどんなものだったのか——恐怖《きょうふ》、疲弊《ひへい》、絶望《ぜつぼう》——とても想像《そうぞう》がつきそうにありません。

ただひとつだけ、心《こころ》の底《そこ》から感《かん》じるのは、東北地方《とうほくちほう》や東日本一帯《ひがしにほんいったい》の、なんと百万人《ひゃくまんにん》もの人々《ひとびと》の、すばらしい精神力《せいしんりょく》です。わたしはほんとうに、圧倒《あっとう》されました。故郷《こきょう》の町《まち》や自分《じぶん》たちの生活《せいかつ》を再建《さいけん》し、前《まえ》へ進《すす》もうと決意《けつい》した人々《ひとびと》に、心《こころ》から敬意《けいい》を表《ひょう》したいと思《おも》います。

ローレン・ターシス

二〇一一年《ねん》に東北地方《とうほくちほう》をおそった地震《じしん》と津波《つなみ》について

地震《じしん》

　地震《じしん》の規模《きぼ》を示《しめ》すマグニチュードは、9・03。日本《にほん》をおそった、観測史上最大《かんそくしじょうさいだい》の地震《じしん》であり、世界史上《せかいしじょう》四番《ばん》めの規模《きぼ》となる。日本《にほん》の北東部沿岸《ほくとうぶえんがん》の一三〇キロメートル沖《おき》、太平洋《たいへいよう》の海底《かいてい》で発生《はっせい》。数日間《すうじつかん》にわたり、この地域《ちいき》では強《つよ》い余震《よしん》がつづいて、

さらに被害《ひがい》を生《う》み、住民《じゅうみん》を不安《ふあん》におとしいれた。

津波《つなみ》

〝津波《つなみ》〟とは、日本語《にほんご》で文字《もじ》どおり〝津《つ》（港《みなと》）をおそう波《なみ》〟を意味《いみ》する。津波《つなみ》はひとつの波《なみ》ではなく、連続《れんぞく》しておしよせてくる波《なみ》のことである。最初《さいしょ》の波《なみ》がいちばん大《おお》きいとはかぎらず、あとからおそってくる波《なみ》のほうが高《たか》いことも多《おお》い。ほとんどの津波《つなみ》は、海底地震《かいていじしん》が原因《げんいん》で発生《はっせい》する。地《じ》すべりや火山《かざん》の噴火《ふんか》、隕石《いんせき》の落下《らっか》によっても起《お》こることがある。津波《つなみ》は、ふだんの波《なみ》とはまったくことなる性質《せいしつ》をもっている。

東北地方《とうほくちほう》を直撃《ちょくげき》した大津波《おおつなみ》は、数百《すうひゃく》キロメートルもの波長《はちょう》があり、日本《にほん》の北東部沿岸《ほくとうぶえんがん》五〇〇キロメートルにわたって町《まち》や村《むら》、都市《とし》を破壊《はかい》した。この東北地方《とうほくちほう》の津波《つなみ》は、観測史上最大級《かんそくしじょうさいだいきゅう》の津波《つなみ》だという。津波《つなみ》は高《たか》さが三〇メートルをこえた沿岸地域《えんがんちいき》もあり、内陸《ないりく》八キロメートルの地点《ちてん》まで到達《とうたつ》した。

津波《つなみ》はどうやって発生《はっせい》するのか

①海底地震《かいていじしん》が起《お》こると、海底《かいてい》が大《おお》きく動《うご》いて、海水《かいすい》のかたまりがおし上《あ》げられる。すると重力《じゅうりょく》が海水《かいすい》をおし下《さ》げようとして、波《なみ》がおうぎ形《がた》に広《ひろ》がっていく。

②津波《つなみ》の波《なみ》が、ひとつずつつたわっていく。波長《はちょう》とよばれる、波《なみ》の山《やま》から山《やま》までの長《なが》さは、数百《すうひゃく》キロメートルにもおよぶことがある。そ

れぞれの波《なみ》の規模《きぼ》、あるいは高《たか》さは、はじめのうち、〇・九メートルをこえることはめったにないとされる。

③大陸斜面《たいりくしゃめん》を進《すす》み、水深《すいしん》があさくなると、波長《はちょう》は短《みじか》くなるが、波高《はこう》が大《おお》きくなる。

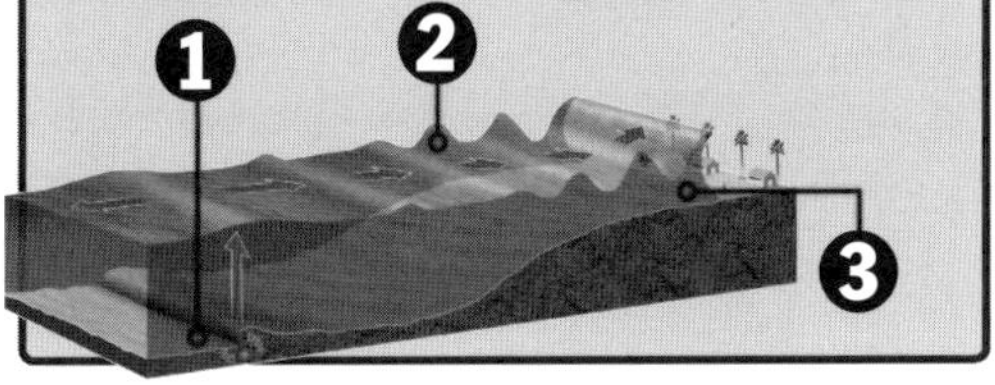

津波《つなみ》はどうやって発生《はっせい》するのか

福島第一原発《ふくしまだいいちげんぱつ》での事故《じこ》

福島第一原発《ふくしまだいいちげんぱつ》でなにがおこったのか——その事故《じこ》がどうしてそれほど危険《きけん》なのか——わかりやすくするために、まずは電気《でんき》について少《すこ》し説明《せつめい》したい。

わたしたちが自宅《じたく》や学校《がっこう》で使《つか》っている電気《でんき》――明《あ》かりやパソコン、テレビの視聴《しちょう》などのために――のほとんどは、巨大《きょだい》な発電所《はつでんしょ》でつくりだされている。アメリカにはおよそ六千《せん》六百《ぴゃく》もの発電所《はつでんしょ》があり、いろいろな種類《しゅるい》の発電所《はつでんしょ》が、それぞれことなる形《かたち》で電気《でんき》をつくり、あるいは生《う》みだしている。

アメリカや世界各国《せかいかっこく》のほとんどの発電所《はつでんしょ》では、石炭《せきたん》などを燃料《ねんりょう》としている。ほかにも燃料《ねんりょう》として、天然《てんねん》ガス、太陽《たいよう》（ソーラー・パワー）、水《みず》（水力《すいりょく》）、風《かぜ》（風力《ふうりょく》）などが利用《りよう》されている。しかし、いくつかの発《はつ》電所《でんしょ》――福島第一原発《ふくしまだいいちげんぱつ》もふくめて――では原子力《げんしりょく》を使《つか》っている。

原子力発電所《げんしりょくはつでんしょ》では、化学反応《かがくはんのう》によって高温《こうおん》の熱《ねつ》を発生《はっせい》させる。この熱《ねつ》で水《みず》をふっとうさせ、蒸気《じょうき》をつくり、その蒸気《じょうき》によってタービンをまわして発電《はつでん》する。

原子力発電《げんしりょくはつでん》は、燃料《ねんりょう》を再利用《さいりよう》できるという利点《りてん》がある。また、厳重《げんじゅう》に管理《かんり》された設備《せつび》が正常《せいじょう》に動《うご》いていれば、放射性物質《ほうしゃせいぶっしつ》で大気《たいき》や水《みず》を汚《お》染《せん》することはないため、〝クリーン〟なエネルギーだといわれている。しかし、ひとたびその設備《せつび》が損傷《そんしょう》を受《う》けると、あっという間《ま》に状況《じょうきょう》は一変《いっぺん》して、深刻《しんこく》な事態《じたい》をもたらす。

福島《ふくしま》では、まさにそうした事態《じたい》が起《お》こった。地震《じしん》と津波《つなみ》によって発《はっ》電所《でんしょ》が被害《ひがい》を受《う》け、停電《ていでん》が発生《はっせい》した。停電《ていでん》によって、原子炉《げんしろ》を冷《ひ》やす水《みず》を送《おく》りこむことができなくなり、原子炉内《げんしろない》の温度《おんど》が急上昇《きゅうじょうしょう》して、爆《ばく》発《はつ》が起《お》こった。発電所《はつでんしょ》から水蒸気《すいじょうき》やけむり、水《みず》がもれだした。もれた気体《きたい》や液体《えきたい》には、人体《じんたい》にとって非常《ひじょう》に危険《きけん》な放射性物質《ほうしゃせいぶっしつ》が充満《じゅうまん》していた。こうした物質《ぶっしつ》は、気《き》が遠《とお》くなるほど長《なが》い時間《じかん》がたっても自然《しぜん》に消《き》えることはなく、完全《かんぜん》に除去《じょきょ》することはできない。ずっと危険《きけん》なままだ——中《なか》にはなん十年《じゅうねん》、あるいはなん百年《びゃくねん》ものあいだ、人々《ひとびと》の健康《けんこう》をおびやかすものもあるだろう。

東北《とうほく》をおそった地震《じしん》・津波《つなみ》による被害《ひがい》

・死者《ししゃ》　およそ一万《まん》六千人《せんにん》
・負傷者《ふしょうしゃ》　六千百人以上《せんひゃくにんいじょう》
・行方不明者《ゆくえふめいしゃ》　およそ二千《せん》六百人《ぴゃくにん》
・全壊《ぜんかい》した家屋《かおく》　およそ十三万戸《まんこ》（約百万戸《やくひゃくまんこ》が大《おお》きな被害《ひがい》を受《う》けた）

（二〇一三年《ねん》八月《がつ》　著者調《ちょしゃしら》べ）

訳者《やくしゃ》あとがき

〈ぼくはこうして生《い》き残《のこ》った！〉シリーズでは、第《だい》四巻《かん》で、はじめて、日本《にほん》が舞台《ぶたい》として登場《とうじょう》することになりました。題材《だいざい》となったのは、二〇一一年《ねん》三月《がつ》の、東日本大震災《ひがしにほんだいしんさい》でした。

このシリーズは、アメリカ合衆国《がっしゅうこく》で『I Survived《アイサバイブド》』というタイトルで発売《はつばい》されている、歴史的事件《れきしてきじけん》や災害《さいがい》にもとづくシリーズの翻訳版《ほんやくばん》です。主人公《しゅじんこう》の少年《しょうねん》の目《め》をとおして、事件《じけん》や災害《さいがい》のおそろしさを、リアルにえがきだしています。アメリカで二〇一〇年《ねん》に刊行《かんこう》がスタートすると、すぐに評判《ひょうばん》のシリーズとなり、二〇一四年《ねん》十二月時点《がつじてん》で、累計《るいけい》一千万部《せんまんぶ》以上《いじょう》の売《う》り上《あ》げを記録《きろく》しています。

それぞれの巻《かん》のメインとなる少年《しょうねん》のストーリーはフィクションですが、じっさいに事件《じけん》や災害《さいがい》を体験《たいけん》した人々《ひとびと》の話《はなし》をもとに組《く》み立《た》てられているため、まるでじっさいにそこにいたかのように状況《じょうきょう》を理解《りかい》することができます。また、みなが「知《し》りたい」と思《おも》っている事件《じけん》や災害《さいがい》を取《と》り上《あ》げることが、モットーとなっています。

つらい事実《じじつ》がつぎつぎと出《で》てくるので、不安《ふあん》な気持《きも》ちになってしまう読者《どくしゃ》の方《かた》もいると思《おも》います。でも、過去《かこ》にじっさいに起《お》こった事件《じけん》や災害《さいがい》で「生《い》き残《のこ》る」少年《しょうねん》の物語《ものがたり》を読《よ》むことで、助《たす》かるための気持《きも》ちの持《も》ち方《かた》や考《かんが》え方《かた》、行動《こうどう》のしかたを学《まな》ぶことができます。

世界各地《せかいかくち》の大災害《だいさいがい》や歴史的事件《れきしてきじけん》をあつかっていますが、ラストは希《き》望《ぼう》が感《かん》じられ、読《よ》んだあとに前向《まえむ》きな気持《きも》ちになれることもまた、このシリーズの特長《とくちょう》です。登場《とうじょう》するのはごくふつうの少年《しょうねん》たち（少女《しょうじょ》の主人公《しゅじんこう》がいないのが、ちょっと残念《ざんねん》）ですが、おそろしい経験《けいけん》をとおして、家族《かぞく》とのきずなや友情《ゆうじょう》、勇気《ゆうき》のたいせつさを知《し》り、成長《せいちょう》します。苦《くる》しみながらも、困難《こんなん》を乗《の》りこえます。わたしも訳《やく》しながら、はげまされたことが、なんどもあります。

じつは、このシリーズを日本《にほん》で刊行《かんこう》することになったときは、東日《ひがしに》本大震災《ほんだいしんさい》からまだ数年《すうねん》しかたっておらず、この巻《かん》を出版《しゅっぱん》するのは、まだむずかしいのではないかと編集部《へんしゅうぶ》では考《かんが》えていたそうです。多《おお》くの人《ひと》たちの心《こころ》の傷《きず》は、まだいえていないからです。わたしも、同《おな》じ意見《いけん》でした。

しかし、シリーズをはじめるにあたって、小学生《しょうがくせい》のグループに意見《いけん》を聞《き》いたとき、「東日本大震災《ひがしにほんだいしんさい》」について読《よ》んでみたい、と答《こた》える子《こ》が、なん人《にん》もいました。さらに、このシリーズの刊行《かんこう》がはじまってから、編集部《へんしゅうぶ》で一、二巻《かん》の読者《どくしゃ》アンケートを調《しら》べたところ、読《よ》みたいテーマとして、「東日本大震災《ひがしにほんだいしんさい》」をあげる子《こ》が、もっとも多《おお》かったのです。

地震《じしん》が起《お》こったとき、津波《つなみ》がおしよせてきたとき、そこにいた子《こ》は、どう行動《こうどう》したのか。どんなふうにして、生《い》き残《のこ》ったのか。みな、それを知《し》りたがっていました。

わたしも編集部《へんしゅうぶ》も、はっとさせられました。

そして、読者《どくしゃ》が知《し》りたいと思《おも》う内容《ないよう》を出版《しゅっぱん》すべきだと、考《かんが》えをあらためました。それこそ、このシリーズの使命《しめい》だからです。


じっさいに大震災《だいしんさい》の被害《ひがい》にあい、いまなお、悲《かな》しみや不安《ふあん》と向《む》きあいながら毎日《まいにち》をすごしている方々《かたがた》は、こうした物語《ものがたり》を読《よ》みたくないと思《おも》うかもしれません。本《ほん》の表紙《ひょうし》を目《め》にしただけで、つらい思《おも》い出《で》がよみがえってしまう方《かた》も、いるかもしれません。

その方々《かたがた》には、ほんとうに申《もう》し訳《わけ》ない気持《きも》ちでいっぱいです。

それでも、このおそろしい災害《さいがい》があったことを伝《つた》えていくことは、大事《だいじ》なことだと、わたしも編集部《へんしゅうぶ》も考《かんが》えています。大《おお》きな地震《じしん》が次《つぎ》に日本《にほん》のどこで発生《はっせい》するか、わかりません。万《まん》が一起《いちお》こったときに、どう行動《こうどう》すべきか――そのヒントが、この物語《ものがたり》には、いくつもふくまれているからです。

すこし個人的《こじんてき》な話《はなし》になりますが、わたしは、一九九五年《ねん》一月《がつ》十七日《にち》に近畿地方《きんきちほう》（おもに兵庫県南部《ひょうごけんなんぶ》）をおそった阪神淡路大震災《はんしんあわじだいしんさい》を経験《けいけん》しました。当時《とうじ》、神戸市内《こうべしない》のマンションに住《す》んでいたわたしは、あの日《ひ》の早朝《そうちょう》、まるでジェットコースターに乗《の》っているようなはげしいゆれと、自分《じぶん》の絶叫《ぜっきょう》で目《め》を覚《さ》ましました。

さいわい、自宅《じたく》に大《おお》きな被害《ひがい》はなかったものの、その日《ひ》の夕方《ゆうがた》になって電気《でんき》が復旧《ふっきゅう》して、テレビの報道《ほうどう》で地震《じしん》による被害《ひがい》の大《おお》きさを知《し》りました。いまでも思《おも》い出《だ》すのは、マンションのベランダから外《そと》を見《み》わたすと、街《まち》のあちこちで赤《あか》い火《ひ》の手《て》があがっていたことです。

それから、長《なが》いあいだ、ガスも水道《すいどう》も止《と》まり、不自由《ふじゆう》な生活《せいかつ》をよぎなくされました。自衛隊《じえいたい》の給水車《きゅうすいしゃ》が来《く》ると、ポリタンクを持《も》って並《なら》びました。電子《でんし》レンジだけをたよりに、なんとかあたたかい食事《しょくじ》を用意《ようい》しました。交通機関《こうつうきかん》は寸断《すんだん》されてしまいましたが、やがて、電車《でんしゃ》の代《か》わりにバスが運行《うんこう》されはじめました。

わたしは、バスに乗《の》り、仕事《しごと》へ出《で》かけました。出勤《しゅっきん》のとちゅうで、むざんに倒壊《とうかい》した家々《いえいえ》を目《め》にしました。被災者《ひさいしゃ》のなかでも、わたしはめぐまれていたほうですが、それでもとにかく毎日《まいにちい》生《い》きることにひっしで、頭《あたま》はずっとぼんやりしていました。

震災《しんさい》から一か月《げつ》くらいたったころのことです。余震《よしん》がおそろしくて、わたしはせまい寝室《しんしつ》ではなく、リビングで寝《ね》るようになっていました。その夜《よる》、ふとんに入《はい》ったわたしの耳《みみ》に、つけっぱなしにしていたラジオから、ふと聞《き》きおぼえのある歌声《うたごえ》（当時《とうじ》NHK《エヌエイチケー》連続《れんぞく》テレビ小説《しょうせつ》の主題歌《しゅだいか》だった、松任谷由実《まつとうやゆみ》さんの『春《はる》よ、来《こ》い』）がとどいたのです。

そのとき、震災以来《しんさいいらい》はじめて、わたしはなみだを流《なが》していました。

多《おお》くが失《うしな》われたことへの悲《かな》しみ、そして、自分《じぶん》は生《い》きているのだという感動《かんどう》が、一気《いっき》におしよせてきたのです。と同時《どうじ》に、わたしの感情《かんじょう》は地震《じしん》のあった日《ひ》からずっとまひしていたのだと、わかりました。

「もうすぐ三月《がつ》——春《はる》が来《く》る。毎日《まいにち》はつらいけれど、生《い》きていれば、きっといいことがあるはず」

わたしの心《こころ》に、かすかな希望《きぼう》の火《ひ》がともりました。その火《ひ》は、それからわたしをずっと支《ささ》えてくれました。

東日本大震災《ひがしにほんだいしんさい》は、日本人《にほんじん》の価値観《かちかん》を大《おお》きく変《か》えたといってもいいと思《おも》います。著者《ちょしゃ》のあとがきにもあったように、地震《じしん》、津波《つなみ》、原発事故《げんぱつじこ》と、いままでに例《れい》のない、とてつもない規模《きぼ》の三つの大災害《だいさいがい》が、一どにおそってきたからです。たくさんの人《ひと》が、命《いのち》を落《お》としました。町《まち》は、破壊《はかい》されました。原子力発電所《げんしりょくはつでんしょ》に対《たい》する安全神話《あんぜんしんわ》がくずれ、その危険《きけん》性《せい》が明《あき》らかになりました。

何《なに》もたしかなものはない――ともすると、絶望《ぜつぼう》にさいなまれてしまう日々《ひび》に、東北地方《とうほくちほう》だけではなく、日本全国《にほんぜんこく》の人《ひと》たちが苦《くる》しみました。

でも、苦《くる》しみながら、自分《じぶん》にできることは何《なに》かを考《かんが》え、実行《じっこう》した人《ひと》たちがいました。全国《ぜんこく》から、いいえ、全世界《ぜんせかい》から、ボランティアの人々《ひとびと》や義捐金《ぎえんきん》が集《あつ》まり、復興《ふっこう》のために力《ちから》をつくしました。

いまも、その努力《どりょく》は、つづけられています。

明日《あした》はかならず、今日《きょう》よりいい日《ひ》になると信《しん》じ、希望《きぼう》をもつことができるから、人《ひと》は、あらゆる事件《じけん》や災害《さいがい》を乗《の》りこえて、生《い》きていけるのではないでしょうか。そして、このシリーズが伝《つた》えたいことも、きっとそれだと思《おも》うのです。

河井《かわい》　直子《なおこ》

ぼくはこうして生《い》き残《のこ》った!シリーズ

大《だい》ヒット発《はつ》売《ばい》中《ちゅう》!

❶人《ひと》食《く》いザメ事《じ》件《けん》

川《かわ》で泳《およ》いでいた10歳《さい》のチェットに、
灰色《はいいろ》の背《せ》びれがせまってきた!

❷9.11テロ事《じ》件《けん》

11歳《さい》のルーカスの目《め》の前《まえ》で、
飛行機《ひこうき》が高層《こうそう》ビルにつっこんだ!

❸タイタニック号《ごう》沈《ちん》没《ぼつ》事《じ》件《けん》

つめたい海《うみ》で10歳《さい》のジョージが
乗《の》った船《ふね》が、氷山《ひょうざん》にしょうとつ!

4巻《かん》と同《どう》時《じ》発《はつ》売《ばい》!

❺火《か》山《ざん》の大《だい》噴《ふん》火《か》

とつぜん山《やま》が火《ひ》をふいて、
石《いし》や火《ひ》の玉《たま》がふってきた!

---

❻「巨《きょ》大《だい》ハリケーン!(仮《かり》)」

は、2015年《ねん》4月《がつ》発《はつ》売《ばい》予《よ》定《てい》!

ぼくはこうして生《い》き残《のこ》った！❹

東《ひがし》日《に》本《ほん》大《だい》震《しん》災《さい》

2015年２月６日初版第1刷　発行
2016年11月30日　　第2刷　発行

著者　ローレン・ターシス
訳者　河井直子
発行者　郡司　聡
発行所　株式会社KADOKAWA
〒102-8177
東京都千代田区富士見2-13-3
電話：03-3238-8521（カスタマーサポート）
http://www.kadokawa.co.jp/
印刷・製本　株式会社　廣済堂

ISBN 978-4-04-067362-2 C8097
Printed in Japan
http://www.kadokawa.co.jp/

※本書の無断複製（コピー・スキャン・デジタル化等）並びに無断複製物の譲渡及び配信は、著作権法上での例外をのぞき禁じられています。また、本書を代行業者などの第三者に依頼して複製する行為は、たとえ個人や家庭内の利用であっても一切認められておりません。
※定価はカバーに表示してあります。
※乱丁本・落丁本は送料小社負担にてお取替えいたします。
KADOKAWA読者係までご連絡ください。
（古書店で購入したものについては、お取替えできません。）
電話：049-259-1100（9:00～17:00／土日、祝日、年末年始を除く）
〒354-0041　埼玉県入間郡三芳町藤久保550-1

カバーイラスト・さし絵　ヒョーゴノスケ
装丁・本文デザイン　佐藤一将（HONAGRAPHICS）
DTPレイアウト　木蓮屋
編集　林　由香